ベリーズ文庫

自称・悪役令嬢の華麗なる王宮物語

－仁義なき婚約破棄が目標です－

藍里まめ

STARTS
スターツ出版株式会社

目次

Claude
Cecilia
クロード
紳士なイケメン騎士団長。セシリアより9歳上で、大人へと成長する姿をずっと見守ってきた。
セシリア
心優しい性格で、やや天然な王女。クロードに片思い中。婚約破棄をするため悪役令嬢を目指し、日々奮闘中!

自称

akuyaku reijo no

悪役令嬢の 華麗なる王宮物語

karei naru okyu monogatari

—仁義なき婚約破棄が目標です—

Character introduction

ツルリー & カメリー

セシリアの侍女を務める双子の姉妹。姉のツルリーはミーハーで、恋愛話が大好き。一方、妹のカメリーは冷静沈着で、貯金が趣味。

イザベル

公爵令嬢。評判のいい清純派令嬢だが、実は腹黒。セシリアに嫉妬し、イジワルばかりしてしまう。

オリビア

セシリアの母。強くしたたかな性格で、若い頃は悪役令嬢として名を馳せていた。セシリアの憧れの存在。

レオナルド

カルディンブルク王国の国王であり、セシリアの父。穏やかな性格で、内気なセシリアのことが心配でたまらない。

自称・悪役令嬢の華麗なる王宮物語

－仁義なき婚約破棄が目標です－

8

悪役令嬢、目指します

精緻《せいち》な模様が編み込まれた絨毯《じゅうたん》に、一流の家具職人が手掛けた豪華なテーブルセット。

広大かつ荘厳な前庭が臨《のぞ》める窓辺には、洗濯したての清潔なレースのカーテンがかけられ、七月の強烈な日差しを心地のよいものに和らげていた。

ここは小高い丘の上に建つ、巨大な王城内の応接室である。

三人掛けの長椅子に並んで腰を下ろしているのは、見目麗《うるわ》しく気品溢《あふ》れた中年の男女で、この国、カルディンブルク王国の国王夫妻だ。

「わかりました。喜んで援助しましょう。助け合いこそ、平和を守る礎《いしずえ》です。こちらの意向は変わっていないと、コルベール王に伝えてください」

国王がそう言った相手は、紅茶のカップやティーフーズが並んだテーブルを挟み、向かいの長椅子にひとりで座っている、中年の男性貴族である。

大臣の肩書きを名乗る彼は、近隣の友好国、カナール王国からやって来た使者で、頭を下げて恭《うやうや》しくお礼を述べる。

「聡明なるレオナルド国王陛下のありがたきお言葉、しかと我が国に持ち帰らせていただきます。それでは……次はいよいよ、王太子殿下からの、例の預かりものを」

使者の口振りからすると、どうやら本題は、カナール王国の王太子からの用事の方であるようだ。

椅子の横のサイドテーブル上には大きく薄い荷物が置かれていて、それを取り上げた使者は、ゆっくりと慎重に包み紙を開く。

すると中から、豪華な額縁に入れられた一枚の絵が現れた。

「お約束しておりました、サルセル王太子の肖像画でございます。どうぞお受け取りくださいませ」

片腕ほどの横幅のある肖像画は、執事を介して、国王の手に渡る。

膝に額縁をのせてじっくりと眺める国王は満足げな顔をして頷《うなず》くと、左隣に座る妻に問いかけた。

「オリビアは面識がなかったな？　サルセル王太子の印象はどうだい？　彼は真面目で優秀、実に好感のもてる青年なんだ」

「まぁ、そうですの。とても優しそうな目をした貴公子ですわね。わたくしは安心いたしました」

横から肖像画を覗《のぞ》き込んでいた王妃が、微笑んでそう答えると、国王は嬉しそうに目を細める。

それから肖像画は一旦執事に戻され、今度は王妃の左隣へ。

国王夫妻と使者の間のひとり掛けの椅子には、若い娘が大人しく座っており、国王が彼女に声をかける。

「セシリアも見なさい。サルセル王太子は、お前の生涯の伴侶《はんりょ》となる青年だ」

彼女は国王夫妻の娘で、第二王女のセシリア・クリスティアーノ・カルディンブルクである。

胡桃《くるみ》色の髪に、サファイアの如《ごと》き青い瞳は父譲りだが、面立ちは絶世の美女と評された王妃の若い頃によく似ている。

十七歳の結婚適齢期に入ったセシリアは、誰しもが振り向かずにいられないほどに美しい。

父の言葉に、「はい……」と、か細い返事をした彼女は、真横に立つ執事が抱える肖像画に目を向けた。

そして、「お父様、お母様の仰《おっしゃ》る通りの方とお見受けいたします……」と控えめな声で感想を述べ、その後は長い睫《まつ》毛《げ》を伏せて、肖像画から視線を外した。

それは、彼女のささやかな抵抗である。

（この方が、どんなにご立派であっても、私はお嫁に行きたくないのに……）

サルセル王太子からセシリアのもとに求婚状が届いたのは、二カ月ほど前のことである。

カナール王国は小国のため、カルディンブルク王国との強い結びつきが欲しいのだと思われる。しかしそれだけでなく、百合の花のように美しい、セシリアの噂《うわさ》が届いたためでもあると推測された。

国王はサルセル王太子を高く評価しており、小国ながらも長年平和を維持しているカナール王国へ娘を嫁がせることに前向きである。そして先月、婚約を決めてしまった。

正式な婚約発表は、今年の冬に予定されている婚約式の十日前に行うのが慣例である。それまでは公にできないが、両王家の認識として婚約は成立したも同然であった。

婚約式が終われば一年以内に婚姻の儀が執り行われ、セシリアは会ったこともない青年の妻になるのだ。

それを彼女は悲嘆していた。

（知らない人と結婚するなんて、怖いわ。ここを出て、見知らぬ遠い国で暮らすのも嫌よ……）

セシリアは胸が締めつけられるような苦痛を覚えているが、それを言葉にできない事情があった。

彼女には、ひとつ年上の姉と、三つ年下の弟がいる。

昨年、第一王女である姉が他国へ嫁いだため、次は自分の番であるとは感じていた。

王女として生を受けた日から、両親や周囲の者たちに慈《いつく》しまれ、裕福な暮らしと最上級の教育を施してもらったのだ。

その恩に報いるべく、国のためになる結婚をしなければならないと承知していた。

セシリアがサルセル王太子を拒めば、父がこれまで地道に築いてきた、カナール王国との友好関係を壊してしまうことだろう。それを思えば、嫌だと言えるはずがない。

それに加えて、両親に口答えできるような強気な性格でないことも、じっと耐えている理由であった。

そんなセシリアの本心には、両親も使者も気づかない様子で、肖像画から目を逸らすという、ささやかなる彼女の抵抗も、無駄に終わってしまいそうだ。

使者が朗らかに笑いながら、彼女を褒める。

「恥じらっておいでですかな？　なんと初々しく、奥ゆかしいご令嬢であらせられることか。頬を染めておられる王女殿下のご様子、しかとサルセル王太子にお伝えいたしましょう」

（頬は熱くないし、はにかんでもいないわよ……）

反論は心の中だけで、軽く頷いたセシリアが顔を曇らせて俯《うつむ》けば、今度は国王が勘違いのフォローをする。

「娘は奥手で、これまで恋をしたこともないのです。きっと戸惑っているのだろう。いつもはもっと上手に話せるのだが、今、愛想がないのは容赦願いたい」

（お父様、違うわ。私は恋をしています。もう何年も、子供の頃から、あの方だけをお慕いしているの……）

着ているレモンイエローのデイドレスの胸元をぎゅっと握りしめ、セシリアは苦しさに耐えている。

けれども言葉にしなければ、親子であっても気持ちは伝わらないものであるようだ。

国王は執事に命じて、セシリアの肖像画を持ってこさせると、サルセル王太子への返礼品として、使者に渡してしまった。

次は三カ月後に会いましょうという約束も交わし、その時には婚姻の儀の日程や招待客などの詳細を相談する話になっていた。

こんなに円滑に話が進んでは、来年早々に、輿入《こしい》れとなるかもしれない。

決して口には出せない婚約取り消しというセシリアの願いは、叶《かな》いそうになかった。

(もう、諦めるしかないのよ……)

セシリアは、一層強くドレス生地を握りしめる。

どうしても嫌だという感情が湧き上がる、自分の心を説得しようと必死であった。

「それでは、そろそろお暇《いとま》いたします。国王陛下ご夫妻、並びにセシリア王女におかれましては、貴重なお時間を頂戴いたしまして、厚くお礼申し上げます」

立ち上がった使者は深々と頭を下げ、執事が開けたドアの方へと歩き出した。

見送りのために、国王夫妻も立ち上がる。

皆が廊下へ出ていったが、セシリアだけは椅子に座ったままである。見送らなければと思っても、どうにも立ち上がる気力が湧かず、膝の上に重たいため息を落としていた。

(愛しいあの方への想いを、消さねばならない時がきたのね。でも、私にできるかしら？　こんなにも近くにいる人を、忘れられるのかしら……)

応接室に残っているのは、セシリアだけである。ドアは開けられたままにされており、彼女は廊下をじっと見つめていた。

すると、ドア横からひょっこりと顔を覗かせる人が現れた。

長身で細身ながらも逞《たくま》しい筋肉質の体躯《たいく》を持ち、ダークブラウンの短い髪をした見目好い青年だ。

銀刺繍《ししゅう》の施された黒い騎士服と、ロングブーツを身につけた彼は、腰に剣を携え、騎士団長の階級章を胸に輝かせている。

サラリとした前髪の下には凛々《りり》しい眉と、涼しげな薄茶の瞳があり、セシリアに視線を止めると、なぜ応接室に残っているのかと、不思議そうな顔をした。

一歩横にずれ、その姿の全てをドア口に現した彼に、セシリアの鼓動が跳ねる。

使者の訪問中、護衛としてドア横に控えていた彼こそが、セシリアの長年の想い人、クロード・ハイゼン。二十六歳の、若き王城騎士団長であった。

彼が眉を寄せたのは、セシリアを心配してのことのようだ。

「どうなさいました？　ご気分が優れないのですか？」と少し低めの響きのよい声で問いかけられ、セシリアは頬を赤らめつつ、慌てて首を横に振る。

「いいえ、わたくしは元気です。使者の方が帰られて、緊張が解けたので、ぼんやりしていただけなんです」

「そうでしたか」と納得し、心配を解いた様子のクロードは、騎士らしくセシリアに敬礼してから、ドアノブに手をかけた。

「私は詰所に戻りますので、ここを閉めておきましょう」

騎士団長を務める彼が、護衛として控えていた理由は、使者を要人として扱っているのだと、示したいがためである。

王城内に暴漢が入り込んだことは過去において一度もなく、守るという意味合いより、形式としてのものであった。

そのため使者が帰れば、クロードがドア横に立ち続ける意味はないので、次の仕事へ移ろうとしているようだ。

ドアが閉められそうになり、セシリアは慌てて立ち上がると、彼を呼び止める。

「クロードさん！」

「はい、なんでしょう？」

半分閉められたドアが再び開かれ、彼はセシリアの呼びかけに応じてくれる。

彼と視線が交われば、いつでも鼓動が高鳴るセシリアであったが、今は甘い恋の喜びではなく、緊張から心拍数を上げていた。

「あの、あなたは、このたびのわたくしの結婚話について、どう思われますか……？」

彼女は縋《すが》る思いで問いかけている。

（もしクロードさんが、結婚をやめた方がいいと言ってくれるなら、勇気を出して、嫌だという我儘《わがまま》な気持ちを、お父様に話そうかしら……）

本当にそれができるかはわからないが、背中を押してほしいという気持ちで、セシリアは彼を見つめていた。

ドレスの胸元を握りしめる手に力が入り、自然と瞳が潤んでくる。

けれどもクロードは、目を瞬《しばたた》かせた後にフッと柔らかく微笑み、およそ彼女の期待には沿わない返事をする。

「国王陛下が認められたお相手でしたら、さぞや徳のある方なのでしょう。不安そうにされずとも、心配いりません。セシリア様は素晴らしい淑女《しゅくじょ》でいらっしゃいます。あちらの皆様にも愛され、大切にしてもらえることと思います」

止めるどころか、結婚を肯定するようなことを言われてしまい、傷ついたセシリアは、なにも話せなくなる。

「では、私は任務がありますゆえ、これで」と、あっさりとした口調で会話を終わらせたクロードは、今度こそドアを閉めて、彼女の前から姿を消してしまった。

国軍の詰所は、広大な敷地を囲う城壁内にある、別の建物だ。

騎士を含めた兵士の多くは、城内の兵舎で寝泊まりし、日々の訓練や任務にあたる。

騎士団長の上には、総帥や国軍長官など、より階級の高い上官がいて、中間職に位置する彼は、上にも下にも気を配らねばならず、かつ、自身も直接的に任務を遂行する立場にあるため、かなり多忙である。王女の悩みを聞いている暇は、ないのだろう。

また、そのような間柄でないことも、重々承知しているセシリアであったが、閉められたドアを見て胸に痛みを覚えていた。

（クロードさんは、私の結婚に賛成なのね。彼にとって私はいつでも王女であって、ひとりの女性として見てくれないのはわかっているつもりよ。素っ気なくされても、それは仕方ないことなのよ……）

セシリアは泣きたい気持ちをこらえて、応接室を出る。

この大邸宅は、たくさんの尖塔《せんとう》を備え、内部は複雑な造りをしている。便宜的に東西南北の棟に分けて呼ばれていて、今いる場所は西棟の二階である。

王族の私室は南棟の三階に集中しており、彼女は自分の部屋に戻ろうと廊下に足を進めた。

するとリネンを抱えるメイドが前方から歩いてきて、王女に気づくと、廊下の端に避けて会釈する。

いつもなら声をかけたり、微笑みを返したりするセシリアなのに、今はぼんやりとメイドの横を通り過ぎて、静かに五年前のことを思い出していた。

あれは、緑が濃くなり始めた初夏の頃――。

十二歳の少女であったセシリアは、港近くの青空マーケットにお忍びで遊びに来ていた。

円形の広場の奥には赤レンガ倉庫が建ち並び、その隙間に海が見えて、潮風が優しく吹き抜ける。

朝のマーケットには、新鮮な野菜や果物、水揚げされたばかりの海産物が並び、買い物客が大勢集まっていた。テントの下の店々はどこも活気づき、作り立ての揚げ菓子や軽食を売る商人もいて、辺りには美味《おい》しそうな香りが立ち込めている。

セシリアは、年に数回、こうして青空マーケットを訪れ、密やかなる自由と賑《にぎ》やかさを楽しんでいた。

「あの、すみません。サクランボを袋一杯にいただけますか？　赤くてとても可愛らしいと思ったの」

セシリアが果物売りに声をかければ、中年の男は「あいよ！」とすぐに応じて、紙袋に溢れんばかりのサクランボを入れてくれた。

「オレンジをひとつサービスしよう。王女様……あ、いやいや、間違えた。お嬢ちゃんはサクランボよりずっと可愛いから、特別だよ」

豪華なドレスではなく、庶民的な服装で、セシリアはここにいる。

それは、王女だと知られたら身の危険があるからではなく、買い物客や店の者たちがかしこまり、楽しげなマーケットの雰囲気を台無しにしたくないためだ。

しかし、お忍びのつもりで来ていた彼女に、果物売りの男はうっかり『王女様』と呼んでしまい、慌てて言い直していた。

どうやらセシリアの変装は見破られていて、王女が気楽に買い物を楽しめるようにと、逆に気を使われていたらしい。

そのことを恥ずかしく思い、頬を染めたセシリアは、代金を支払ってサクランボとオレンジを受け取ると、お礼を述べて、そそくさと果物売り場から離れた。

すると真後ろから、「お持ちしましょうか?」と声をかけられる。

人混みの中で振り向けば、新鮮な朝日よりも清々《すがすが》しい瞳をした、麗しい青年騎士がいる。騎士団長に就任する前の、まだ一介の騎士であるクロードだ。

マーケットは安全と見なされているが、さすがに国王の娘の外出にひとりの護衛もつけないのは心配なので、上官の指示により、彼も庶民の装いをして同行している。

騎士団の中で、クロードが一番、剣の腕が立つ。彼に任せておけば安心だと、思われているようだ。

荷物持ちを申し出たクロードに、セシリアは首を横に振って断った。

「わたくし、自分で持ちたいの。せっかくマーケットに来ましたのに、買い物袋がないと、なにも買っていないみたいでしょう？」

無邪気な笑顔でそう言った彼女は、まだ恋を知らない。クロードのことは、頼れる素敵な騎士だと思うだけで、体が触れるほどの距離にいても、胸が高鳴ることはなかった。

彼女の興味はすぐに買い物へと戻され、「次は魚介売り場よ。この前のように、珍しい綺麗《きれい》な貝があるかもしれないわ！」と目を輝かせている。

そして、クロードに背を向けたセシリアは、好奇心に突き動かされるがまま、人波をスイスイと縫い、魚介売り場のテントへ向かってしまった。

「お待ちください！」

人混みの中では、立派な体躯をしたクロードは素早く動けない。小柄な少女であるセシリアを見失いそうになり、慌てて呼びかけたが、残念ながら彼女には届かないようだ。

急ぐクロードが、太った買い物客の女性にぶつかってしまい、「失礼しました」と謝った、その時……。

前方に突然の騒《ざわ》めきと、数人の女性の悲鳴があがる。

彼が血相を変えたのは、その中にセシリアの声が交ざっているのを、聞き取ったからであった。

魚介売り場で買い物を楽しんでいた彼女は、フードを目深《まぶか》に被った髭面《ひげづら》の男に、横から体を持ち上げられていた。

どうやら買い物客の中に、王女を狙う悪《あ》しき輩《やから》が紛れていて、護衛との距離が離れた隙に、セシリアに襲いかかったらしい。

せっかく買ったサクランボは、無残にも石畳の地面に散らばり、逃げようとしている周囲の客に踏まれ、潰されてしまった。

「どけどけー！」と男は周囲の者たちを威嚇《いかく》しながら、荒々しくセシリアを肩に担《かつ》いで走り出す。

そのスピードは、かなりのもの。

赤レンガ倉庫の間に駆け込んだところを見ると、男は港へ抜けようとしており、どうやら王女を船に乗せての誘拐を企んでいるようだ。

ということは、仲間がいつでも船を出せる態勢で待ち構えているのだろう。

セシリアは、生まれて初めて身の危険を感じていた。全速力で駆ける男に担がれ、恐怖に悲鳴をあげるだけで、どうすることもできない。

男が倉庫の間の、狭い路地から走り出ると……セシリアは、後ろから追ってきた黒い影が、赤レンガの壁を蹴って高く飛び上がるのを見た。

クルリと一回転して着地し、男の行く手を塞《ふさ》いだ影がクロードであると気づいた直後、なにが起きたのかと彼女は目を丸くした。

自分の体が一瞬にして、クロードの腕の中に移り、悪党は呻《うめ》く余裕もなく、地に伏しているのだ。

全てはクロードがやったことだと推測はできるけれど、速すぎて、なにをどうして救出されたのか、彼女には理解できなかった。

整地された港の地面に下ろされたセシリアは、ホッとして、「クロードさん、ありがとうございます」とお礼を言う。

それから、腰に彼の腕が回されていることを気にして、距離を取ろうとした。

照れのような恥ずかしさを覚えたためだ。

けれども逆に、その腕の力が強まり、密着するほど抱き寄せられてしまう。

「セシリア様、失礼をお許しください。この命に代えても、守り抜きますので、どうかご安心を」

「え……？」

クロードの腕の中で辺りを見回せば、いつのまにか、三十人ほどの人相の悪い男たちに囲まれていた。

彼らはセシリアの誘拐を企てた一味であり、騎士がたったひとりなら、まだ王女を奪えるチャンスはあると踏んで、襲いかかろうとしているのだ。

クロードは庶民風のマントの下から剣を抜き、右手で構える。左手は、怖がるセシリアをしっかりと抱きしめていた。

頼れるクロードが守ると約束してくれても、セシリアの鼓動は少しも落ち着かない。

（クロードさんは、騎士の中でも一番強いと、お父様が仰っていたけれど、こんなに大勢を相手にするのは無理よ。私を守りながらだと、動きにくいもの。ああ、どうしましょう……）

「王女を生け捕《いど》りにした者には、金貨百枚をくれてやるぞ。者ども、かかれ！」

悪党一味の親玉が命じると、男たちが剣やナイフを手に、次々と襲いかかってきた。

「キャア！」と叫んだセシリアが、クロードにしがみついて目を固く閉じたら、剣が交わる金属音がすぐ耳元で聞こえた。

骨が砕けるような鈍い音に、悪党たちの呻き声。体は右へ左へと、クロードの手によって激しく翻弄《ほんろう》されて、瞼《まぶた》を閉じていても目が回りそうである。

それにしても、セシリアを守りつつ、大勢をひとりで相手にしているというのに、クロードに焦りが見られないのはどういうわけか……。

厳しい状況であればあるほど、冷静かつ的確な判断力が求められるものではあるが、それを実行できる精神力が素晴らしい。そして、聞きしに勝る、その強さ。

セシリアが恐怖に震えていたのは、ほんの五分ほどで、彼はたちまち三十人ほどの敵勢を倒してしまったのだ。

目を開けて驚くセシリアであったが、すぐに胸には安堵《あんど》と喜びが広がり、クロードの腕の中でその顔を仰ぐ。

「ありがとうござ……えっ⁉」

セシリアの笑顔が凍りついた。

わずかに息を乱しているだけだと思っていたクロードが、あちこちを負傷していたからだ。

セシリアを守っていた左腕は無傷であるが、右半身の十箇所ほどの太刀傷からは、衣服に血が染み出している。

それよりも深手を負ったのは額で、左側に斜めに五センチほど斬られた傷口がある。

おそらくは、左側からの攻撃に対し、セシリアを離して左手で弾くという選択ができなかったからだろう。

溢れ出た血が、顎先からポタポタと垂れ、地面を赤く染めている。

慌てたセシリアは、レースのハンカチを取り出して額の止血をする。

「ご、ごめんなさい。わたくしのせいで、クロードさんが――」

セシリアを抱えていなければ、彼が負傷することはなかったであろう。

申し訳なさと心配でオロオロと謝る彼女の言葉を、「セシリア様のせいではございません」とクロードは遮り、誠実な声できっぱりと言う。

「全ては私が騎士として未熟であったことが原因です。怖い思いをさせてしまい、誠に申し訳ございません。この傷は、至らぬ自分への罰のようなもの。二度と、危険な目には遭わせぬと、お誓いいたします――」

三階の自室の前に着いたセシリアは、木目の美しいドアに向かい、誰にも届かない小さな声で、彼の名を呟《つぶや》いた。

「クロードさん……」

十二歳のあの時に、セシリアは彼に恋をした。

彼の額の傷は今でも消えず、前髪が揺れるたびにチラリと三日月形の傷跡を露《あら》わにする。

それを見るたびに彼女は、命懸けで守ってくれたことに対する感謝が込み上げ、それと同時に恋慕の感情を募らせるのだ。

今ではずっしりと重たいほどに恋心が膨らんでしまい、消し去ることなど不可能である。

(それでも私は、他の男性のもとに嫁がなければならないのね……)

沈んだ気持ちでドアを開けたセシリアであったが、部屋に入るなり言い争う声が聞こえてきて、目を瞬かせることになった。

「ツルリー、手を放して。大人しく肖像画を私に飾らせて」

「嫌よ、カメリー。これをベッドの横に飾ったら、毎朝目覚めるたびに、セシリア様が落ち込んでしまうじゃない」

部屋の中央で睨《にら》み合っているのは、セシリアの侍女を務める双子の姉妹、ツルリーとカメリー、十八歳である。

ふたりは、王国一のご長寿で名を馳《は》せるコトブキン男爵のひ孫で、二年前から王城に住み込みで働いている。

彼女たちはそっくりな容姿をしており、見分けるポイントといえば、髪型であろうか。

肩までの赤茶の髪を内巻きにカールして、頭のてっぺんに大きな赤いリボンを飾っているのが、姉のツルリー。

同じ色と長さの髪をまっすぐに伸ばし、右サイドをヘアピンで留めているのが、妹のカメリーだ。

他に見分けがつきそうなところを、しいて挙げるとすれば、クリッと愛嬌《あいきょう》のある瞳をしているツルリーに対し、カメリーの瞳は若干二重の幅が狭く、クールな印象であることとくらいだろう。

そのように、そっくりな侍女たちは今、一枚の肖像画を左右から引っ張り合い、お互いに手を放すようにと言い争っていた。

それは、先ほどカナール王国の使者に渡された、サルセル王太子の肖像画である。

「また喧嘩《けんか》なの？　やめてちょうだい。一体どうしたというのよ」

駆け寄って仲裁に入ったセシリアが、わけを尋ねれば、侍女たちが一旦手を止めて、交互に説明する。

「国王陛下が、肖像画をこの部屋に飾るようにと仰ったので」

「カメリーが、ベッドの横の壁に飾ろうとして」

「ツルリーに邪魔されたんです」

「邪魔とはなによ！　セシリア様のお気持ちを考えれば、飾らせるわけにいかないわよ！」

彼女たちが喧嘩をするのは、日常茶飯事である。

初対面の者には見分けがつかないほどによく似た容姿をしていても、性格が真逆であるため、意見が衝突してしまうのだ。

ツルリーは素敵な男性に目がなく、恋愛話が大好きで、いつも明るくキャアキャアと騒がしい。

セシリアがクロードに恋をしていることも、侍女勤めを始めてすぐに見破り、それ以来、全力応援態勢である。『騎士団長は今、馬場で訓練中です！』などとクロードの居場所を調べては、逐一《ちくいち》セシリアに報告してくれる。

対して妹のカメリーは、真面目で堅物、現実思考の持ち主である。

サルセル王太子との婚約が決まった時、ショックを受けていたセシリアに、カメリーはこう言ったのだ。

『恋などというものは所詮、妄想にすぎません。これを機に、騎士団長への想いをスッパリと断ち切って、花嫁修業に励んでください。サルセル王太子のもとに嫁げば、一生安泰です』

セシリアの恋を応援してくれるツルリーと、諦めて現実を見るように諭してくれるカメリー。

正反対のことを言う双子だが、どちらも王女のためにと考えてくれているのは、しっかりとセシリアに伝わっていた。

双子の侍女は、肖像画の引っ張り合いと口喧嘩を再開させる。

「ツルリー、そんなに引っ張ると肖像画が壊れるわよ」

「こんなもの、壊れたって構わないわ！」

「セシリア様の婚約者であり、一国の王太子に対して失礼な言い方ね」

「あら、カメリーだって、本当はそう思ってるんでしょ？　私が鴨《かも》に似ていると言ったら、頷いていたじゃない」

（鴨……？）

ツルリーの指摘にセシリアは首を傾げ、改めて肖像画をじっくりと見た。

サルセル王太子は、容姿端麗とまでは言えないが、決して見劣りすることのない、整った顔立ちをしている。

つぶらな瞳は黒目の割合が大きく、頭は小さめで、首が少々長めであることが特徴だろうか。

艶《つや》やかな光沢のある深緑色の上衣に、薄茶色のズボンを身につけ、足首までの長さのブーツはなんの革を使用しているのか、やけに黄味がかっている。

背景はどこかの池のような水辺であり、睡蓮《すいれん》の花やアーチ型の橋が描かれていた。

（そう言われたら、雄鴨に似ているかも……）

失礼にもそう思ってしまったら、もう笑わずにいられない。

プッと吹き出したセシリアが明るい笑い声をあげれば、双子の侍女はキョトンとして喧嘩をやめた。

セシリアは両腕を広げてふたりに抱きつくと、目に涙を滲《にじ》ませて、なおも笑いながら、心からのお礼を言う。

「状況が変わったわけじゃないけど、気持ちが少し楽になったわ。ツルリーとカメリーのおかげね。ふたりとも、大好きよ！」

すると、つられたように双子の侍女も笑い出し、楽しげな空気が部屋を満たしたが、それはノックの音に邪魔される。

訪問者の対応に出たのはカメリーで、廊下に出て、誰かと小声で会話をすると、ドアを閉めてセシリアの前まで戻ってきた。

真面目が性分のカメリーは、背筋を伸ばして両手をお腹の前で揃《そろ》えると、事務的な口調で用件を伝える。

「国王陛下が執務室にて、セシリア様をお呼びになられているそうです」

「お父様が？　あ、もしかして……」

使者を見送らなかったことを叱られるのではないかと、セシリアは予想した。

彼女の父は優しい人徳者であるが、娘に対し、甘い顔ばかりはしない。間違った言動を取った時には、執務室に呼ばれて説教されたことが、これまでに何度もあった。

けれどもそれは子供の頃のことで、ここ数年、そのようなことはない。

（やっぱりお見送りするべきだったわ。遠路遥々《はるばる》お越しいただいたのに、失礼よね……）

久しぶりの父の説教も仕方ないと納得して頷いたセシリアは、苦笑いして侍女たちに言う。

「お父様に叱られてくるわ。その肖像画は……飾らないと、それもまた失礼に当たるわよね。ドア横の壁にかけてもらえるかしら？　風景画だと思えば、きっと、そんなにつらくないわ……」

広い王城内を、数分かけて、また西棟の二階まで戻ったセシリアは、父の執務室のドアをノックした。

「お入り」という声がして入室すれば、国王は、部屋の中央にどっしりと構える執務机に向かって、なにかの書き物をしていた。

その手を止めて、「ここへ来なさい」と呼び寄せる父の表情に厳しさはないが、なにかを心配しているような眼差しを向けてくる。

（お説教では、ないのかしら……？）

セシリアは戸惑いながらも歩み寄り、父親の横に立った。

すると、娘と同じ色の瞳をした国王が、叱責ではなく注意を与える。

「先ほどは緊張していたのか？　随分と口数が少なかったな。次はもう少し、会話に入らないといけないぞ」

「はい、お父様。次回は努力します」

「そうしてくれ。それと、もうひとつ」

国王はため息をつき、眉間に皺《しわ》を寄せた。

どうやら、ここからがお説教のようである。

なにについて叱られるのかがわからず不安に思うセシリアに、国王はやや声のトーンを下げて話し出した。

「最近はぼんやりとして、勉強に身が入っていないそうじゃないか。真面目なお前が、一体どうしたというんだ。カナール王国のしきたりや歴史、文化、嫁ぐまでに学ばねばならないことが山ほどあるんだぞ」

「あっ……」

セシリアは幼少の頃からほぼ毎日、家庭教師について勉強している。

国王の言う通り、真面目な性格のセシリアは、これまで勉強に手を抜いたことはなかった。

だが婚約が決まり、勉強の中心がカナール王国に関することになった途端に、どうにもやる気を出せなくなってしまったのだ。

その原因はもちろん、嫁ぎたくないという思いがあるからに他ならない。

父に厳しい目を向けられたセシリアは俯いて、弱々しい声で謝罪した。

「お父様、申し訳ございません。やらなければならないと、わかっております。でも、気持ちがついていけなくて……」

　国王の口から、二度目のため息が聞こえた。

「そんなことでは、王太子妃としてやっていけないぞ」

　自分のために叱ってくれているのだと感じているセシリアであったが、それに応えて、今後は心を入れ替えて頑張りますとは言えない。

　肩を落とし、無言で俯くばかりの娘に、国王はしばし黙り込む。なにかを思案しているような間が続き、数十秒してから口を開いた。

「勉強に身が入らないのは、結婚に現実味を感じられないせいだろう」と勝手な解釈をした国王は、立ち上がって娘の肩に手を置いた。

　そして、重々しい声で指示をする。

「三カ月後、次に使者が来るまでに、三つの人助けをしなさい」

　突然そのようなことを言い出した理由は、結婚に向け、具体的な行動を伴う前向きな努力をさせようと思い立ってのことらしい。そうすることで、いつまでもぼんやりしている娘に、もっと強く結婚を意識させようという狙いがあるようだ。

「期日までに困っている人を三人見つけて、助けてあげなさい。王太子妃として、他者を思いやる心も大切だぞ。これも花嫁修業と思い、課題に取り組むんだ」

最後に「やり遂げねば、輿入れはさせられんぞ」と語気を強めた父親に、「わかりました」と素直な返事をしつつも、セシリアは困っていた。

思いやりが大切だというのはよくわかり、誰かが困っていれば積極的に助けてあげたいとも思う。

けれども人助けをすることと、結婚を結びつけられたら、迷いが生じる。

（他国に嫁ぐのは嫌なのに、結婚に向けて努力しなければならないなんて……。課題をやらなければ、結婚も先延ばしにしてもらえるのかしら？　でも、うんと叱られるわよね……）

眉尻を下げるセシリア。

娘がそのような思いでいることに気づかない国王は、表情を少し和らげて、勘違いの助言をする。

「そんなに難しく考えなくてもよい。まずは周りをよく見なさい。そうすればおのずと、助けを必要としている者がわかるだろう」

「はい、お父様……」

セシリアが父親に反論したことは、ただの一度もない。今も、それを迷っていたわけではないと言えずに、困り顔で頷いた。

「お下がり」と言われたので、スカートをつまんで腰を落とし、礼儀正しく退室の挨拶をしてから、執務室を後にする。

そして、廊下を歩きながら、『どうしたらいいの……』と心の中で呟いた。

はっきりと意見できない自分が嫌になる。

けれども、それが彼女の性分であり、貴族女性としては大人しく控えめで、品のある淑女として褒められるものなのかもしれない。

思い悩むセシリアが、自室のある南棟の三階の廊下に差しかかったら……奥に母の姿を見つけて立ち止まった。

母の前には、身を縮めてペコペコと頭を下げる若いメイドがいて、どうやらなにかをミスして叱られているところらしい。

セシリアとは六馬身ほども距離が離れているので、会話の内容までは聞き取れないが、母の声色は厳しいものであるようだ。

そんな母の姿にセシリアは、羨望《せんぼう》の眼差しを向けていた。

（私なら、あんなふうに叱ることはできないわ。たとえメイドのミスで危険な目に遭ったとしても。駄目なことを駄目だと、はっきり言えるお母様は、強いわね……）

セシリアの母、オリビアは、バラのように美しい容姿をしているが、心には折れない棘《とげ》を持っている。

娘時代には、当時、王太子であったレオナルド国王の花嫁の座をめぐり、ライバル令嬢と熾烈《しれつ》な争いを繰り広げたのだとか。

ライバル令嬢をしたたかに追いやって、勝利したのはオリビア。

そのため、今でも舞踏会などの宴の場では、『王妃は人を罠《わな》にはめるのが上手だ』と、ヒソヒソと陰口を叩く者がいる。

けれども国王は、全てを承知の上で、王妃を心の底から愛しているようだ。

『オリビアは清らかで純粋な黒い心を持っている』と、笑って母を評価する父を、セシリアは子供の頃から見てきた。

そのため彼女は、母の強気な性格を肯定的に捉え、憧れてきた。

幼い頃は、どうしたら母のようになれるのかと考え、人を罠にはめてみようと、いたずらに励んだ時もあった。

ある日は、メイドのエプロンにウサギの絵を描き、その翌日にはこっそりと執事のお尻に布製の猫の尻尾を貼りつけ、また別の日には家庭教師から出された宿題に、解答ではなく、一生懸命に考えたダジャレを書き連ね……。

当時のセシリアは、誰かに迷惑をかけて、性格が母に似ていると言われてみたかった。父親に、純粋な黒い心をしていると笑って褒めてもらいたかった。

そう願ってのいたずらであったはずなのに、残念ながら周囲の反応は、彼女の期待とは違うもの。

『我々を楽しませてくださいまして、ありがとうございます！』と、皆に笑顔でお礼を言われてしまい、父にも、『こらこら、可愛いいたずら娘め。皆にちゃんと謝るんだよ』と優しく諭されただけであったのだ……。

それ以来セシリアは、自分はどう頑張っても母のような強い性格にはなれないと、すっかり諦めて大人しく暮らしてきた。

しかし、今はまた……いや、子供の頃以上に、母に近づきたいという思いがムクムクと湧いてくる。

（お母様が私の立場だとしたら、どうなさるかしら……）

そう考えながら自室へと歩き出したセシリアは、数歩進んで再び足を止めた。

ハッとしたように目を見開き、パチンと両手を合わせて顔を輝かせる。

（そうだわ！　悪さをすればいいのよ！）

彼女は名案を閃《ひらめ》いた心持ちでいた。

父に三つの人助けをしなさいという課題を出されたが、逆に誰かの邪魔をして迷惑をかけよう。そうすれば、こんな娘では他国へ嫁がせることはできないと、破談にしてもらえるかもしれない。

国王は『やり遂げねば、輿入れはさせられんぞ』と言っていたが、課題に取り組まずに結婚の延期を期待するより、婚約解消となった方が、セシリアにとって遥かに嬉しい結果となる。

憧れの母のような強い性格に生まれ変わるチャンスでもあるだろう。

(そうよ、うじうじと悩んでいてもなにも変えられないわ。今動かないと、きっと一生後悔する。クロードさんと離れたくないのなら、悪い娘にならなければ!)

両手を強く握りしめて、心の中で決意表明したセシリア。

娘がそのような思いで見ているとは、少しも気づかない王妃は、メイドへの説教を終えると、王族の居間へと入っていった。

視界から母の姿が消えてしまうと、セシリアは顎に指を添え、また悩み始める。

(でも……誰に、どうやって迷惑をかければいいのかしら?)

子供の頃のようないたずらでは、きっと周囲を楽しませるだけで終わってしまう。

それでは駄目だということはわかるけれど、すぐに悪事が思いつかない。

素直で純真。これまで皆に愛され、悪意を向けたことも、向けられたこともない彼女なので、誰かに迷惑をかける自分の姿をうまく想像できなかった。

(悪いことをするのは、人助けよりも難しそうね……)

「うーん」と唸《うな》りながら、彼女は廊下をゆっくりと歩き出す。

可愛らしい顔をしかめ、生まれて初めての悪巧みに、真剣に頭を悩ませるのであった。

庭師の邪魔をしたつもりが

悪い娘になると決意をしてから、三日後。

外は清々しい青空が広がる行楽日和でも、今日のセシリアは、朝からずっと勉強漬けであった。

幼少期から複数人の家庭教師に、毎日五時間ほど学問を教わってきたが、婚約が決まってからカナール王国に関する授業が追加されたため、自由時間がさらに削られてしまったのだ。

図書室内の個室での長い授業を終えたセシリアは今、教本を手に自室に戻ってきたところである。

豪華な机に教本を置いて、ため息をついたのは、勉強に疲れたからではなく、誰にどうやって迷惑をかければいいのかを悩んでいるせいであった。

(家庭教師の先生はどうかしら……?)

『また来週に』と言って別れたばかりのラテン語学の教師は、五十代の男性である。

頭髪が薄いらしく、いかにもと言いたくなる、黒々としたカツラを被っているのだが、本人はそのことを周囲に気づかれていないと思っているようだ。

（みんなの前で、サッとカツラを取り上げてしまうのは、どうかしら……？）

そう考えた直後にセシリアは、自らその企みを却下する。

（そこまでするのは気の毒よね。そういえば子供の頃、お母様に教えられたわ。薄毛の人には特に注意して接しなさいって……）

本人が自虐的に薄毛の話を出してきても、それは他人に指摘されないよう先回りしただけである。それに合わせて、他人がからかうようなことを言えば、傷つけたり怒らせたりするから気をつけなさい、という教えであった。

薄毛の人は、周囲が思うよりもずっと、気に病んでいるものらしい。

ひとりきりの部屋の中で、セシリアは真面目に考えている。

火の入っていない暖炉の前に置かれているのは、女性らしい繊細なデザインのテーブルセット。

そこまで移動して長椅子に腰を下ろした彼女は、カツラ以外になにか意地悪ができないかと、真剣に頭を悩ませていた。

その時、ドアがノックされ、侍女のカメリーが入ってきた。

落ち着いた緑色のワンピース姿の彼女は、ドア口で律儀に一礼してからセシリアのそばに歩み寄り、淡々と話し出す。

「お茶の時間まで、あと三十分となりました。本日のティーフーズは、スモークサーモンとクリームチーズのサンドイッチ。それと、焼き菓子です。焼き菓子はチェリータルトとアプリコットパイをご用意しておりますが、どちらになさいますか？」

毎日のお茶の準備をするのも、侍女の大事な仕事であり、カメリーは焼き菓子の選択を求めていた。

それなのにセシリアは、半分上の空で家庭教師の顔を思い浮かべていたため、つい、

「カツラのパイを……」とおかしな返事をしてしまう。

「は？」と眉を寄せたカメリーが、「なにを仰っておいでですか」と真顔で指摘する。

「タルトもパイも、カツラを被っておりません」

ハッとしたセシリアは「ごめんなさい！」と謝り、恥ずかしさに頬を赤らめて、慌てて言い訳をする。

「カツラが、頭から離れなくて……」

するとカメリーに、またしても不可解そうな目を向けられた。

その視線は、セシリアの頭頂部に移る。王女の髪はサイドを綺麗に結い上げ、サファイアを花形にあしらった豪華な髪飾りで留められていた。

「今朝、セシリア様の髪を整えたのは私です。カツラを被せておりませんし、セシリア様には不要のものです」

「あの、そうじゃなくってね……」

ふたりが噛《か》み合わない会話をしていたら、今度はノックもなくドアが開けられ、頭に赤いリボンを飾り、白地に黒いラインで縁取られたワンピース姿の娘が駆け込んできた。もうひとりの侍女、ツルリーである。

「セシリア様ー！」

邪魔だとばかりに、カメリーにドンと体当たりを食らわせたツルリーは、驚いているセシリアの腕を取って長椅子から立たせると、興奮気味にまくし立てる。

「任務で外出されていたクロード騎士団長が、先ほど戻られました！　今は馬場で若い騎士たちに稽古をつけていらっしゃいます。覗きに行きましょう！」

ツルリーはこうして、クロードの居場所を確認しては、セシリアに報告してくれる。

そのため侍女としての務めがおろそかになってしまい、真面目なカメリーといつも喧嘩になるのだ。

ツルリーがセシリアを引っ張ってドアに向かおうとしたら、案の定というべきか、険しい顔をしたカメリーが立ち塞がった。

「セシリア様を連れていかせないわ。あと二十六分でお茶の時間が始まるのよ」

「あら、今日はお客様がいるわけじゃないんですもの。少しくらい遅れたっていいじゃない」

「駄目よ。お茶の時間を遅らせれば、お腹が空いていない状態で晩餐《ばんさん》になってしまうわ」

カメリーにピシャリと正論をぶつけられて、ツルリーは口を尖《とが》らせる。

今日の口論の勝者はカメリーで決まりかと思われたが、「あなたは自由すぎる。真面目にお勤めして」と文句を付け足されたことで、またツルリーが反論した。

「私はいつだって真面目よ。真剣に全力で、セシリア様の恋を応援しているわ。イケメン騎士たちを鑑賞できるから、私も楽しいし！」

「どうしても覗き見したいなら、ひとりで行って。セシリア様はカナール王国に嫁がねばならないのに、失恋の傷を深くしてどうするのよ。侍女ならば、早く騎士団長を忘れられるよう配慮してあげるべきじゃない。まったくツルリーは、能天気な馬鹿ね」

「なんですって⁉　若い私たちが恋に浮かれて、なにが悪いっていうのよ！　亀の甲羅みたいに頭がカッチカチの、堅物カメリー。そんなんじゃ、行かず後家になっちゃうわよ」

顔はそっくりな双子なのに、どうにも馬が合わない侍女たち。

口論が過熱しそうな雰囲気を察したセシリアは、困り顔でふたりの間に立つと、諍《いさか》いを鎮めようとする。

「お願いだから、喧嘩しないで。ツルリーもカメリーも、わたくしの心配をしてくれているのは、よくわかるの。ふたりとも間違えていないわ。だから、仲良くして？」

すると言い争うのをやめてくれた双子だが、今度は矛先が、セシリアに向けられてしまった。

カメリーが王女の右腕をガシリと掴み、真顔で問いかける。

「では、セシリア様は私の想いを汲《く》んで、お茶の時間まで大人しく、自室で待機してくださるということでよろしいですか？」

ツルリーも負けじとセシリアの左手をぎゅっと握り、笑顔で聞いてくる。

「セシリア様は、私の提案の方を受け入れてくれますよね？　だって、クロード騎士団長に会いたくて、ウズウズしているはずですもの」

「え、ええと……」

「さあ、私たちのどちらの意見を選びますか？」と声を揃えて詰め寄られ、セシリアはオロオロとうろたえる。

彼女としては、もちろんクロードの凛々しい訓練姿を見たくてたまらないけれど、ツルリーと一緒に行けば、カメリーの思いを踏みにじることになる。

カメリーの心を傷つけてしまうのではと、それを心配していた。

(どうしましょう……そうだわ！)

打開策を閃いたセシリアは、「ちょっと待ってね」と双子から離れて、壁際のキャビネットの前へ行く。

その上段の引き出しの鍵を開け、中にしまわれていた革製のポーチから五枚の銀貨を取り出すと、侍女たちのもとへ戻った。

そしてにっこりと作り笑顔でカメリーの手を取り、五枚の銀貨を握らせる。

「これで見逃してもらえないかしら……？」

カメリーの趣味は貯金である。

侍女の給金を、洋服やアクセサリーの購入にパッパと使ってしまうツルリーとは逆に、彼女は着飾ることに興味がないようで、ほとんど全てを貯め込んでいる。

カメリーの部屋には頑丈な鍵付きの小型金庫が置かれていて、寝る前にニタニタと笑いながら貯金額を数えているそうだ。

『不動産を購入して、家賃収入で暮らしていくのが夢なんですって』と、以前ツルリーがヒソヒソと教えてくれたことがあった。

それを思い出したセシリアは、カメリーの機嫌を損ねずにクロードを見に行くにはどうしたらいいのか……と考えて、銀貨を渡したのだ。

その方法は、どうやら間違えていない様子。滅多なことでは笑わないカメリーが、満面の笑みを浮かべて、ドア前からサッとどいてくれた。

「そういうことなら、仕方ありません。お茶の時間は、三十分遅らせるよう手配いたしますので、どうぞ騎士団長を覗きに行ってらっしゃいませ」

その反応に、セシリアは思わず苦笑いしてしまう。

期待していたとはいえ、予想以上にすんなりと許してもらえたため、いささか拍子抜けしていた。

（カメリーらしいといえば、そうなのだけど、とても現金な反応ね……）

ともあれ、笑顔で送り出してくれるのはありがたく、セシリアとツルリーは、心置きなく西棟まで急いで移動した。

目指すは尖塔のてっぺんにある見張り台で、そこから兵舎や馬場、訓練場がよく見えるのだ。

薄暗い螺旋《らせん》階段を五階分の高さまで上ったふたりは、見張り台に出た。

そこは石造りの壁と屋根はあるが、四方に開けられた窓にガラスははめ込まれていないため、屋外と変わらず、強めの風が吹き抜ける。

交代で見張りにあたる若い兵士がひとりいて、セシリアに気づくと、すぐに敬礼の姿勢をとった。

兵士が驚いて用向きを尋ねたりしないのは、前にもここで、王女に会ったことがあるためである。

「お務めの邪魔をしてごめんなさいね。気分転換に、少しだけ景色を眺めたいの。いいかしら？」

クロードを覗き見るという目的をはっきりと口にするのは恥ずかしいので、セシリアはそのように問いかけた。

すると兵士は照れたように頬を染め、「はい。お気の済むまでご覧ください」とかしこまる。

「よろしければ、これをどうぞ」と、親切にも望遠鏡まで貸してくれた。

「まぁ、嬉しいわ！　ありがとう。あなたはとても優しいのね」

愛らしい微笑みつきのセシリアの褒め言葉は、兵士の顔をますます火照《ほて》らせる。

動揺に目を泳がせていた兵士であったが、やがて高鳴る鼓動に耐えかねたのか、

「こ、交代の者が遅いため、探しに行って参ります。落ちないよう、お気をつけください」と言い残して、階段を駆け下りてしまった。

おそらくは、まだ見張りの交代時間ではないと思われる。

見張り台のある尖塔は東棟にもあり、かつ今は太陽が明るく輝く夕暮れ前のため、王城に忍び込もうとする悪しき輩はいないだろう。

今なら少しくらい警備を怠っても問題はないと、兵士は考えたのではあるまいか。

その理由はもちろん、麗しき王女に声をかけられて照れたためであるのだが、セシリアはまったくそのことに気づいていない。

「見張りの交代時間だったのね」と兵士の言葉を真に受けている様子に、ツルリーがクスクスと笑っていた。

「ツルリー、どうしたの？　なにか面白いことがあったの？」

「いいえ、なんでもありません。さあ、これで邪魔する者はいませんね。心置きなく、騎士団長を盗み見しましょう！」

「盗み見？　人聞きの悪い言い方ね……」

セシリアは、西側の窓から、ツルリーと並んで斜め下を見下ろした。

騎士を含めた兵士の大半が寝起きする宿舎がドンと構え、その隣に剣の稽古のための訓練場と、広い馬場や厩舎《きゅうしゃ》がある。

軍の詰所は、そこから少し離れた正門寄りの、南西側に見えた。

「あそこです！」とツルリーが指差したのは馬場で、甲冑《かっちゅう》をつけた若い騎士たちが騎馬戦の訓練中の様子。

稽古をつけているのは黒い騎士服姿のクロードで、左手で手綱を持ち、巧みに馬を操りながら、右手の剣で三人の騎士をいっぺんに相手にしていた。

戦いのことなどまるでわからぬセシリアにも優劣が判断できるほどに、クロードは圧倒的に強く、若い騎士たちは剣を弾き飛ばされたり、落馬したりと翻弄されている。

檄《げき》を飛ばすクロードの厳しい声が、尖塔のてっぺんまで、微かに届いた。

「素敵……」とため息交じりに呟いたセシリアは、見張りの兵士が貸してくれた望遠鏡を目に当てた。

そうすると真剣な眼差しや速い息遣いまでもが手に取るように感じられて、クロードの凛々しさ、頼もしさはひとしおである。

馬上の彼の前髪が揺れるたびに、額の古傷が露わにされた。

それを目にすると、かつて命懸けで守られた記憶が鮮やかに蘇《よみがえ》り、セシリアの胸は熱く焦《こ》がれるのだ。

「クロードさん……」

愛しい彼の名をそっと呼ぶ王女の隣では、ツルリーがキャアキャアと騒がしい。

数人の見目好い騎士の名を挙げて興奮しており、ついには「すみません、それ貸してください！」とセシリアから望遠鏡を奪い取ってしまった。

「流れる汗と、緊張感。苦しげな顔と筋肉美に、イケメンたちの熱き戦い！　た、たまらないわ……」

「ツルリー……よだれを拭いた方がいいわよ」

侍女とは違い、セシリアははしゃいだ気持ちになれずにいた。肉眼で遠くのクロードを静かに眺めつつ、小さなため息をつく。

（片想いは苦しいわ……。クロードさんは私のような思いをすることはないのかしら？　噂を聞いたことはないけれど、好きな女性はいないのかしら？）

ふと湧いた疑問に、セシリアは悲しい気持ちになる。

（いたとしても、それは私ではないことは確かよね。一度告白して、ふられているんですもの。いくら想っても、私の恋は一方通行のままなんだわ……）

過去に一度だけ、セシリアは彼に恋心を伝えたことがあった。

それは港で悪党一味に襲われてから一年ほどが経った、十三歳の時のこと。

この大邸宅の東側には、年中色鮮やかな花々が咲き乱れる大きな温室があり、意を決した彼女はそこにクロードを呼び出したのだ。

一年間温め続けた恋心を、『お慕いしております』と言葉にして、真っ赤な顔で打ち明けたら……。

クロードは最初は目を瞬かせて驚いた様子であったが、クスリと笑うと、大人の余裕を感じさせる声で『光栄です』と返事をした。

『私もセシリア様を敬愛しております。あなたが成人され、どちらかへ嫁がれるまでは、騎士として、近くでお守りいたします』

それが彼の答えであった。

当時二十二歳の彼には、十三歳の少女の告白は、少しも響かなかった様子。

ただの憧れであり、本物の恋ではないと思われたのか。

それとも王女という身分の高さから恋愛対象にしてくれなかったのかはわからないが、どちらにしてもセシリアは、優しく丁重にふられてしまったのだ。

想いを告げたのは四年前の、あの一度きり。

大人になった今は、少女の頃のように、諸々の事情を鑑《かんが》みない素直な勇気を出すことはできず、もう二度と告白はできないとセシリアは思っている。

（ただ、この先もずっと、クロードさんをおそばで見ていたい。だから、他国へ嫁ぎたくはないの……）

それから二十分ほど、クロードの勇姿を感傷的な気分で見つめていたセシリアであったが、ふと意識が逸れた。

先ほどから視界の端を、チラチラと横切る者がいるのだ。

その者に視線を向ければ、庭師のジャルダンであると気づく。

彼は三十四歳で、大勢いる王城庭師の中では、中間の地位にいる。

優秀かと言われると、そうではなく、後輩庭師に指導されている姿を、セシリアは何度か見たことがあった。

部屋に飾りたくて頼んだ花の種類を、間違えられたこともある。

けれども、真面目で一生懸命。庭づくりへの情熱は人一倍あるようで、その点は好ましく感じられた。

そのジャルダンが、荷運び用の一輪車に、根から掘り出した花をたくさんのせ、馬場の前を小走りで行ったり来たりしているのだ。

前庭から大邸宅の裏へと向かう彼を目で追っていたセシリアは、その目的に気づく。

（そうだったわ。もうすぐ品評会なのね……）

王都では年に一回、この時期に、庭園品評会が開催されている。

これは庭師の腕とセンスを競うコンテストで、受賞することは庭師にとって大変な名誉である。ひいては、優秀な庭師を雇っている貴族の財力も示すことになるため、貴族も庭師も、静かに闘志をみなぎらせるのだ。

庭を造る場所は各貴族の敷地内であり、品評会当日に審査員が評価して回ることになっている。不公平にならないよう、決められた面積で、ひとりの庭師が造園するという決まりもあった。

王城の前庭は広大で、伝統的な様式にのっとって完璧に整えられており、それを崩すわけにはいかないので、品評会用の庭は毎年、大邸宅の裏側に造られている。

ジャルダンは、そこへたくさんの花を運んでいるようだ。

ということは、王城庭師の中からの、今年の出場者はジャルダンなのだろう。

作業用の汚れたズボンをサスペンダーでつるし、汗水垂らして荷車を押す彼を、セシリアは心の中で激励した。

(頑張って。あなたならきっと、いい評価をもらえるわ……)

その直後に彼女は、パチンと両手を合わせて、「そうだわ！」と大きな声をあげる。

するとツルリーを驚かせてしまった。

「わっ！　セシリア様、おやめください。危うく望遠鏡を落とすところだったじゃありませんか」

文句を言ったツルリーが、「どうなさったのですか」と尋ねれば、セシリアは嬉しそうに目を輝かせて、たった今、思いついたことを話す。

「わたくし、庭師のジャルダンさんの邪魔をするわ！　品評会用の庭をこっそり壊してしまうのよ。これって人助けとは真逆の、かなり悪いことよね？」

「はい？　あの、なにを仰られているのかわかりませんが……」

目を瞬かせて戸惑っているところを見ると、ツルリーには、なぜ悪巧みをする必要があるのかが理解できない様子である。

フフッと笑うセシリアが、国王から出された人助けの課題を逆手にとって人に迷惑をかけ、婚約解消を狙っていることを説明すれば、ツルリーは口をあんぐりと開けて驚いていた。

「いつも優しく清らかで、少し気の弱いセシリア様が、悪事を働こうとなさるなんて……」

それは駄目だと反対されるかと思いきや、「名案です！」と力強く言ったツルリーが、望遠鏡を足元に落として、王女の手を両手で握りしめた。

「ああっ！　今、パリンと鳴ったわ！」

望遠鏡のレンズが割れたことを心配し、慌てて拾おうとしたセシリアだが、ツルリーに握られた両手をブンブンと上下に振られては、それができない。

「セシリア様が悪役令嬢を目指すなんて、似合わなくって面白いです！　成功のあかつきには、きっと結婚話が流れて、この城にいられますね。私、ずっとセシリア様の侍女でいたいので、とっても嬉しいです。これからも一緒に、騎士団長を盗み見しましょうー！」

「え、ええ……」

策を企てたのはセシリアだが、自分以上に張り切るツルリーに、たじろいでしまう。

（なぜかしら、失敗しそうな気がしてきたわ。立ち止まっていたら結婚させられてしまうから、やらないという選択肢はないけれど……）

興奮するツルリーから逃げるように視線を馬場に向けると、訓練は小休憩の様子。剣を鞘《さや》に収めたクロードが、ゆっくりと馬を歩かせていた。

その視線がこちらに流された気がして、セシリアは心臓を大きく波打たせる。

（気づかれたかしら……？）

けれども距離が遠すぎて、盗み見がバレてしまったかどうかは、確認することができなかった。

それから二日が経った真夜中のこと。

王城内の廊下は静まり返り、ほとんどの者が眠りに就いている。

照度を最小まで落とした壁掛けランプが、ポツリポツリと灯される中、一階の北棟の廊下を、一列になって忍び足で歩く者が三人いた。

セシリアと、双子の侍女である。

真ん中を歩くセシリアは、頭巾を目深に被り、質素なエプロンドレス姿である。

「誰にも見つからないようにお願いね」と侍女たちに頼めば、後ろをついてくるツルリーが、「わかりました」と小声で返事をした。

しかしその直後に、「ワクワクして、歌でも歌いたくなっちゃいますねー！」とはしゃいだ声をあげられたから、セシリアは困ってしまう。

いつも賑やかなツルリーに手伝いを頼んだのは間違いであったかと、少々後悔していたら、先頭を進むカメリーが、「静かに。前方から誰か来ました」と緊張を走らせた。

誰かに見つかって、こんな夜中にどこへなにをしに行くのかと問われても、嘘をつき慣れていないので、うまく言い訳できる自信がない。

慌てた三人が辺りを見回せば、すぐ横の壁際に、白大理石の彫像が飾られていることに気づいた。

急いで壁際に寄った三人は、その像の格好を真似て静止し、息を潜める。

眩《まぶ》しげに手をかざして空を見上げている、青年の立像だ。

前方から来たのは、料理人の服装をした若い男性使用人であった。

料理人は、朝早くから王城で働く何百人もの食事を作らねばならない。そのため、朝食の仕込み当番の者は使用人宿舎に帰らずに、厨房の隣の部屋に泊まり込む。

彼がふわっとあくびをしたところを見れば、仮眠中にトイレにでも行きたくなって、起き出したように思われた。

セシリアたちは真剣に彫像のふりをしているが、真っ白ではない服を着ているし、柔らかそうな肌をしていては、無理があるというものだ。

けれども寝ぼけ眼《まなこ》が幸いしてか、料理人の彼はセシリアたちに気づくことなく、前を素通りしていった。

「ドキドキしましたね～」とツルリーがクスクスと笑って言えば、まだ辺りを警戒しているセシリアが、「静かにしてね。早く外に出ましょう」と先立って足を進める。

「セシリア様、走ってはなりません。足音が響きます」と後ろから冷静に注意するのは、カメリーだ。

三人が今、なにを企んでいるのかというと、庭師のジャルダンが完成させた品評会用の庭を壊しに行こうとしているのだ。

サルセル王太子と大人しく結婚した方がセシリアのためである……というのがカメリーの考えであり、それは今でも変わっていない。そんな彼女がなぜ、この計画に参加しているのかといえば、もちろんセシリアに金で買収されたからである。

今回は銀貨五枚では首を横に振られたので、金貨を一枚差し出した。すると反対から一転して、『力を合わせて庭を壊しましょう！』と味方になってくれたのだ。

三人は再びコソコソと廊下を進む。

その後は使用人と鉢合わせることもなく、無事に北棟の通用口から外へ出ることに成功した。

今は夜が最も深まる時刻であるが、空には大きな満月が輝いているため、ランプを手にしていなくても視界に不自由さを感じない。

大邸宅の北側の奥は、城壁まで森のような木立が広がっており、右を見れば、森の手前に温室と、先代王妃が建てた離宮が見える。左側には使用人宿舎と、兵舎の壁の一部を確認することができた。

使用人宿舎の横に作られた庭園品評会用の庭に足を踏み入れたセシリアは、「近くで見ると結構広いわね……」と感想を呟く。

杭《くい》とロープで五十メートル四方の囲いがなされていて、地面には青々とした芝生が植えられている。直線的に刈り込まれたツゲの生垣や低木、初夏を彩る花々が、シンメトリーに配置されていた。

品評会は早朝から始まり、午前中のうちに審査員が貴族の屋敷を全て回り、審査をする。結果発表と表彰式は午後からで、入賞した庭は、それから一週間ほど、一般庶民にも公開されるのだとか。

昨年は確か、ジャルダンではない別の王城庭師が出品し、金賞に輝いていたと、セシリアは記憶していた。

（今年の庭は、昨年に比べると、随分とシンプルね……）

自分なら、もっと趣向を凝らしたいところだと思うセシリアであったが、この庭を改良するわけにいかない。人助けではなく、庭師のジャルダンに迷惑をかけることが目的であり、庭を壊そうと企んでここにいるのだから。

それに、もしかすると今はこういう庭が流行《はや》りなのかもしれない。セシリアは庭づくりのプロではないので、自分の感性の方が正しいという自信はなかった。

庭を眺めていると、どこかへ行っていた侍女ふたりが、両腕いっぱいに造園道具を抱えて、後ろから戻ってきた。

「セシリア様、盗んできました～」と笑顔のツルリーが大きな剪定《せんてい》バサミをチョキチョキと動かせば、「さあ、やりましょう」と真顔のカメリーが、クワとシャベルを武器のように構える。

「え、ええ……」

やる気満々の侍女たちとは逆に、セシリアは胸にチクリとした痛みを感じていた。

庭をじっと眺めていたら、一生懸命にこの庭を造っていたジャルダンの顔が浮かんでくる。

昨日の彼が、早朝から夕暮れまで、ここでひとりで作業していたのを、彼女は廊下の窓から見ていたのだ。

（どうしましょう。庭を壊さなければならないのに、ジャルダンさんを悲しませたくないとも思ってしまうわ……）

やっぱり人に迷惑をかけるのはやめようかと、気持ちが後ずさりしかけたセシリアであったが、ツルリーに剪定バサミを押しつけられる。

カメリーは、早くもシャベルで、綺麗に植えられた花を掘り起こしていた。

「ここを壊せば、きっと国王陛下に叱られます。まだ人の妻になるのは早いと言われて、婚約は解消されるに違いありません。頑張りましょうー！」

笑顔のツルリーに励まされると、セシリアの心はまた前を向く。

（そうよね。ジャルダンさんには申し訳ないけれど、やらなければ好きでもない人と結婚させせられてしまうのよ）

「もう、お止めしませんので、セシリア様もどうぞ心置きなく荒らしてください。私もいただいた金貨一枚分、きっちりと働きます。ぼやぼやしていたら夜が明けてしまいますよ。急ぎましょう」

今度はカメリーに急かされて、セシリアはついに、庭師への心配を吹っ切った。

（ジャルダンさんには、また来年頑張ってもらえばいいわ。彼はやり直しがきくけれど、私はそうじゃない。結婚は待ったなしの由々しき事態なのよ。だから一生懸命に、この庭を破壊するわ！）

大きく頷いたセシリアは、剪定バサミを持ってツゲの生垣の前に立つと、緑の箱のような形に整えられた枝葉を、チョキチョキと切り始めた。

するとと徐々に楽しくなって、口元に笑みが浮かぶ。

（そうだわ、ただ切るだけじゃつまらないから、動物の形にしてみようかしら？　庭にウサギが跳ね、猫が昼寝をして、犬が走り回っていたら楽しいもの。まずはウサギから作ってみましょう！）

セシリアは手芸やレース編みが得意で、子供の頃からものを作るのが好きだった。庭づくりはしたことはないけれど、器用な手先と、彼女らしい感性で、見事なウサギが形作られていく。

少し離れた後ろでは、ツルリーがキャッキャとはしゃいで芝生を引っこ抜き、そこに玉砂利を詰めていた。花壇を飾るために彩色された、ピンクや水色の玉砂利である。

「セシリア様、見てください。芝生にハートを描いちゃいました。これはセシリア様のピュアな恋心を表しています。私の心も描きますよ。私は好きな男性が大勢いるので、庭がハートだらけになっちゃいそうですー！」

楽しそうなのはツルリーとセシリアだけではなく、金で買収されて手伝っているカメリーもであった。

カメリーは息を切らして、庭のあちこちを移動している。

もとは種類ごとに整然と植えられていた花を、「遊び心が足りないわ」と言って、無秩序に植え直しているのだ。

それはまるで、ケーキに数種類のベリーを散らしたように華やかであった。

それから四時間ほどが経ち、夜がすっかり明けて、新鮮な朝日が王城を優しく照らしている。

慣れない庭仕事に疲れ切ったセシリアたちは、このへんでいいだろうと切り上げて、一度、邸宅内に戻る。

手と顔を清め、レモンイエローのデイドレスに着替えたセシリアは、紅茶を一杯飲んでから、双子の侍女とともに再び外へ出た。

それは、庭を壊したのは自分だと、ジャルダンに告げるためである。

こっそりと悪事を働いて、犯人不明のままで終わらせては意味がない。庭師にひどいことをした悪い娘だという噂が父の耳に入らなければ、婚約を解消してもらえないと思うからだ。

北棟の通用口から出て、少し歩いたセシリアたちは、庭を前にして呆然《ぼうぜん》と立ち尽くしているジャルダンの後ろ姿を目にした。

彼の足元にはジョウロが転がっており、中の水がこぼれてしまっている。

おそらく審査員が来る前に、花に水やりをしようと考えたのではあるまいか。

そして、原形がわからぬほどに荒らされた庭を目の当たりにし、強いショックを受けた様子であった。

予想していたこととはいえ、そんなジャルダンの背中を見れば、セシリアは胸に痛みを覚える。

けれど、心の中で詫《わ》びながらも、両手をグッと握りしめ、計画の仕上げに入るべく、背後から近づいた。

侍女たちも、黙ってセシリアについてくる。

庭師と三歩の距離を置いて足を止めたセシリアが、「おはようございます」と緊張した声をかければ、彼がゆっくりと振り向いた。

その顔は蒼白《そうはく》だが、悲しみや怒りは感じられない。なにが起きたのかわからないと言いたげに目は虚《うつ》ろで、王女の挨拶にも返事をすることができないでいた。

彼の受けた衝撃の大きさを察して、言葉に詰まるセシリアであったが、右隣に立つツルリーが手を握って励ましてくれる。

左隣のカメリーは、「仕上げをしなければ意味はありません」と背中を押してくれて、セシリアは深呼吸をして気持ちを固めると、庭師に悪事を暴露した。

「ジャルダンさん、あなたの庭を、このようにしたのは、わたくしです」

すると彼は、驚きに目を見開いた。信じられないと言いたげな顔をして、「セシリア様が？　本当でございますか？」と問いかけてくる。

謝りたくなるのを我慢して、「ええ、そうよ」と答えたセシリアは、にっこりと作り笑顔を浮かべた。

楽しんで悪事を働いたと思わせる方が、より悪役令嬢らしいと思ったからである。

ジャルダンの心は、ようやく衝撃から怒りの段階へと進んだようで、王女に一歩近づくと、険しい顔をして詰問する。

「なぜ、そのようなご無体なことをなさるのですか！　私がどんな思いで、この庭を造ったと思っておられるのですか！」

使用人男性に怒鳴りつけられたのは、これが初めての経験である。

その剣幕に怯え、思わず片足を引いてしまったセシリアだが、怒られるのは覚悟の上……いや、怒らせて悪い噂を流してもらうことが目的であるため、気持ちを立て直して、横柄な演技をしてみせた。

「単純でつまらない庭だと思ったんですもの。だから、楽しくなるように、手直ししてあげたのよ。わたくしのせいで受賞を逃すというのなら、また来年頑張ればいいわ」

「来年なんて、ありませんよ！　今年が最初で最後のチャンス。受賞できなければ、私はもう、王城庭師としては……」

ジャルダンは、頭を抱えて俯いた。

チャンスは今年のみというのは、一体どういうことなのか……。

言葉尻は小さくて聞こえなかったけれど、今回、受賞を逃せば、王城庭師を辞めねばならないような口振りでもあった。

よく事情がのみ込めないが、絶望に浸るジャルダンと対峙《たいじ》しているセシリアは、もしや、とんでもないことをしてしまったのではないかと気づきかけていた。

（ど、どうしましょう……）

動揺の波がたちまち心に広がった、その時、後ろから数人の足音が聞こえた。

「少々、早く到着してしまいましたが、審査を始めてもよろしいですかな？」と問いかけられる。

セシリアたちが振り向けば、庭園品評会審査員の腕章をつけた男性四人と女性ひとりが並んで立っていた。

五人とも小綺麗な身なりをしており、代表者と思しき男性は、恰幅《かっぷく》のよい体型をして、白い口髭を生やした初老の紳士である。

セシリアは彼らの顔を覚えていないが、「これはこれは王女殿下。おはようございます。ご同席でございましたか」と恭しく頭を下げられた。

初老の紳士は、自分は庭師連合会の会長で、品評会の審査員長も務めていると説明し、それから「王女殿下は出品者のジャルダン殿の応援でございますか？」とにこやかに問いかけてきた。

「わたくしは、ええと、その……」

応援ではなく邪魔をしたのだと言うべきところなのに、セシリアは困り顔で口ごもる。

今年が最初で最後のチャンスとジャルダンに言われたことで、後悔と罪悪感が押し寄せていた。

（楽しんで庭を荒らした私は、愚かだったわ。ああ、ジャルダンさんに、どのようにしてお詫びしたらいいのかしら……）

ジャルダンは審査員と会話する気力もなく、ただ肩を落としてうなだれている。

セシリアは眉をハの字に下げて、心の痛みに耐えるように、デイドレスの胸元を握りしめていた。

ふたりの様子に首を傾げた審査員長であったが、「それでは、作品を拝見いたしましょう」と審査を始めてしまった。

この後もたくさんの庭を審査しなければならないので、急いでいるらしい。

「こ、これは……!?」

揃って庭に視線を向けた審査員たちは、一様に驚きの表情を浮かべている。

ツゲの生垣はウサギや猫などの動物の形に刈り込まれ、低木は棒付きキャンディのように渦を巻いている。芝生にはカラフルなハートがいくつも描かれ、秩序を無視した初夏の花々が型破りにちりばめられていた。

小さな浅い池まで造られて、バラの花びらが浮かべられた水面では、小鳥たちが水浴びを楽しみ、盛んにさえずり合っている。

どよめいた審査員たちの反応に、セシリアは焦り出す。

（呆《あき》れてすぐに帰ってしまうのではないかしら？　我々を愚弄《ぐろう》しているのかと、怒るかもしれないわ。せめてジャルダンさんが叱られないように、私がめちゃくちゃにしたのだと言わなければ……）

庭のすぐ手前で横並びに立っている審査員五人に、セシリアは「あの……」と後ろから声をかけた。しかし、誰も振り向かず、気づいてもいないようだ。

セシリアが再度声をかけようとしたら、帽子を被った中年の女性審査員が、「まぁ、なんて楽しいお庭でしょう！」と突然叫んで、庭園内に駆け込んだ。

興奮している様子であるが、それは他の審査員たちも同じである。

男性のひとりが、「斬新で前衛的な造り方だ。こんな様式の庭は見たことがない！」と大声で評価すれば、もうひとりが、「庭づくりの革命が起きましたな！」と何度も頭を縦に振って感心していた。

別の審査員は、セシリアの作った動物の生垣をしげしげと眺め、朗らかに笑って言う。

「我々は古い固定観念に囚われすぎていたのかもしれませんな。このように自由な発想で造られた庭があってもよろしいのでは？　実に愉快で爽快な気分にさせてもらえます」

思いがけずに審査員の四人が高評価を下す中、庭をひと回りした審査員長が戻ってきた。

彼は目を白黒させているジャルダンの前に立ち、彼の両手を取ると、鼻息荒く評価する。

「まさに傑作！　たぐいまれなる才能だ。ジャルダン殿、あなたは天才です。あまりに画期的すぎて我々の評価基準を超えており、金賞を与えてよいのかすらわからない。そうだ、こうしよう。あなたには審査員特別賞と庭師連合会役員の名誉を授けよう！」

ジャルダンはひと言も発することができず、ただ驚きの中にいるようだ。

セシリアと侍女ふたりも予想外の展開に唖然《あぜん》とするばかりである。

審査員たちだけはワイワイと上機嫌に盛り上がり、まだ庭についての講評を続けていたが、ひとりが懐中時計を取り出すと、「時間が押しています！」と焦り顔で指摘した。

「十五時から港前の広場にて表彰式ですぞ。ジャルダン殿、どうぞお忘れなく！」

帽子を被り直した審査員長がそう言うと、それから五人は慌てた様子で立ち去った。

小鳥のさえずりが聞こえる。

辺りは急に静かになり、穏やかな早朝のひと時が戻ってきたかのようだ。

審査員たちの背中が完全に見えなくなると、セシリアとジャルダンはゆっくりと顔を見合わせる。

そして視線が交わった直後に、両者はハッと我に返った顔をした。

「ジャルダンさん、ええと、その……」

セシリアはなんと声をかけていいのかと迷っている。

悪意をもって庭を壊したことを詫びるべきか、それとも特別賞受賞の運びになったことをお祝いするべきなのか。

すると突然、ジャルダンが膝を落として目の前にひれ伏したので、彼女は目を丸くした。

「セシリア様、先ほどの失礼な言動をどうかお許しください！　あなた様は私を助けてくださったというのに、愚かにも非難してしまいました。このたびは誠にありがとうございます。感謝してもしきれません！」

「ええっ⁉」

まさか感謝されるとは露《つゆ》ほども思っていなかったセシリアが戸惑う中、ジャルダンは涙声で事情を明かす。

それによると、彼は常々、庭師長から才能がないと言われ続けてきたそうだ。

自身にもその自覚はあり、だからこそ人一倍努力してきたつもりである。

しかしながら、後から入った若い庭師に、階級も技術もあっさりと抜かされてしまい、最近はやる気さえも失いかけていたのだとか。

そんなジャルダンに活を入れようとしてなのか、ひと月ほど前、庭師長からこんな話をされたそうだ。

『なにをやっても駄目なお前に、チャンスをやろう。今年の品評会にはお前が出なさい。受賞すればひとつ役職をあげてやる。だが、選外であればクビだ。王城庭師を辞めなさい』

それで、今年が最初で最後のチャンスだと言っていたのかと、セシリアはようやく腑《ふ》に落ちた思いでいた。

そして、きっとジャルダンが造った単純で面白みのない庭では、受賞を逃したであろうと推測する。

ということは、彼が王城庭師を辞めずに済みそうなのは、自分たちが荒らしたせいだということも理解した。

(でも、ジャルダンさんを助けようと思ってのことではなく、邪魔するつもりだったのよ。お礼を言われるのはおかしいわよね……)

感謝されたことで、居心地の悪さを感じたセシリアはうろたえる。

すると、それを察した様子のツルリーが耳元で囁《ささや》いた。

「ここは私にお任せください。セシリア様が人助けしたなどという噂が広まらないように、庭師を言いくるめておきますから」

ツルリーの言う通り、受賞できたのはセシリアのおかげだと彼が言いふらせば、国王から与えられた人助けの課題をひとつクリアしたことになり、困った事態となる。

ジャルダンはまだ土下座したままで感謝感激の涙を流し、お礼を言い続けていた。

眉を下げてそれを聞いていたセシリアであったが、「お願いね」とツルリーにこっそり返事をすれば、今度は右隣のカメリーが声を潜めずに話し出した。

「セシリア様、朝食のお時間が迫っております。早くお部屋に戻られて、お支度を」

朝食が始まるまではまだ二時間ほども余裕があり、晩餐と違って着飾る必要もないので準備はいらない。

カメリーがおかしなことを言い出した理由もやはり、困っているセシリアを助けるためだと思われた。

侍女たちに感謝しつつ、「ええ、わかったわ。急ぎましょう」と、セシリアは話を合わせる。

この場をツルリーに任せることにして、「ジャルダンさん、ごめんなさいね。これで失礼するわ」と言い置いて逃げ出した。

厨房に近い北側の通用口は、朝の仕事を始めた使用人たちで混雑しているのが見えたため、セシリアとカメリーは西の通用口を目指して小走りで進む。

大邸宅の外壁に沿って角を曲がろうとしたら……前方から誰かが現れて、セシリアはぶつかってしまった。

「キャッ」と可愛らしい悲鳴をあげたが、痛くはない。優しく抱きとめられたような、衝突であったからだ。

その人の腕の中で「すみません」と顔を上げれば、クロードの麗しき瞳と視線が交わる。

心臓を大きく波打たせたセシリアに、クロードが微笑んで、「おはようございます」と優しげな声をかけた。

「驚かせて申し訳ありません。セシリア様に申し上げたいことがありまして、お待ちしておりました。ふたりで話す時間をいただけますか？」

「は、はい……」

時刻はまだ六時前である。

こんな朝早くになんの話だろうと疑問に思いつつも、彼女は了承する。

頬も胸も熱くなり、愛しき彼の腕の中にいることが嬉しくてたまらないのだ。

（ああ、朝からクロードさんにお会いできるなんて、今日は幸運な日だわ！）

企みの失敗を忘れそうなほどに舞い上がり、うっとりとクロードを見つめるセシリアであったが、その夢心地を邪魔したのは、冷めた目をしたカメリーである。

騎士団長への恋心を早く忘れるべきだと考えているカメリーは、クロードとふたりきりで話をしようとしている王女に、「いけません」と注意した。

「侍女として、殿方との密会を看過《かんか》できません」との厳しい言葉に、クロードは面食らった顔をして、セシリアから腕を外して距離を取る。

それを残念に思うセシリアは、カメリーに向き直ると、胸の前で指を組み合わせて小声でお願いする。

「特別に許してもらえないかしら？」

「絶対に駄目です。私はツルリーのように甘くはありません」

「戻ったら、銀貨三枚を渡すと言っても……？」

「それを先に仰ってください。わかりました。目を瞑《つぶ》りましょう。朝食に間に合うようにお戻りください」

カメリーは姿勢正しく一礼すると、口元に笑みを浮かべて西の通用口へと歩き去った。

ホッと息を吐き出したセシリアに、クスリと笑ったのはクロードで、「ご心配なく」と誠実な声をかける。

「人気《ひとけ》のない場所へ誘うような不埒《ふらち》な真似はしません。馬場の前で話しましょうか。騎士たちが、馬を歩かせておりますので」

「え……？」

どうして馬場なのかと首を傾げたセシリアに、クロードが理由を付け足す。

「この前、尖塔から馬場をご覧になっておいでしたね。セシリア様を幼少の頃から見てきましたが、馬がお好きとは知りませんでした」

この前とは、おそらく三日前のことであろう。

ツルリーと一緒に望遠鏡で、騎士たちの訓練風景を盗み見していたのを、まさかクロードに気づかれていたとは……。

幸いにも、馬を見ていたのだと勘違いしてくれたようだが、それでもセシリアの頬は赤く染まる。

「ご希望でしたら、乗馬も可能ですが？」との問いかけに首を横に振り、「いえ、あの、馬は見ているだけで充分なんです」と慌ててごまかした。

それからふたりは近くにある馬場まで歩き、騎士を乗せてゆっくりと周回する馬を眺めながら話をする。

なぜか嬉しそうな顔をしたクロードが柵に手をかけ、「課題のひとつ目を達成されましたね。さすがです」と褒めたため、セシリアは目を丸くした。

（どうしてクロードさんが、課題のことをご存知なの……？）

「実は――」

クロードの話によれば、セシリアが父親に人助けの課題を与えられた後、彼も執務室へ呼び出され、セシリアが課題に取り組むにあたり、危険がないよう見守ってほしいとの国王命令を受けたそうだ。そして昨晩は、セシリアたちが屋敷の外へ出たところから全てを見ていたという話であった。

それだけで充分に驚いて動揺するセシリアであったが、自嘲気味に笑うクロードに、さらなる困惑へと落とされてしまう。

「初めはセシリア様が庭を荒らしているのだと勘違いし、驚きました。失礼ながら、なんとひどいことをなさるのかとも思い、お止めすべきか迷ったのですが……こういうことだったのですね」

「あの、こういうこと……とは？」

「庭師ジャルダン殿の窮地《きゅうち》を救うための行動であった、ということです」

審査員とのやり取りや、ひれ伏したジャルダンが涙ながらに事情を話した場面まで、全てを見聞きしていたという彼は、ニコリと微笑んでセシリアを讃《たた》える。

「清廉《せいれん》なるセシリア様が、悪事を働くことはあり得ませんでした。誰かの幸せのためにと考え、行動されるあなたは、ご立派な淑女です。庭づくりの知識にも長《た》けていらっしゃるとは、感服いたしました」

「ええと、その……ありがとうございます」

後ろめたい思いから、目を合わせていられずに、セシリアは馬場を見る。

二十頭ほどの馬が同じ歩速で列をなし、のどかに歩いていても、彼女の心は平穏でいられない。

（本当のことを打ち明けられないわ。好きな人に悪く思われたくないもの。悪い娘だという噂をお父様の耳に届けなければいけないのに、クロードさんにはよく思われたいなんて、一体どうしたらいいのかしら……）

残念ながらセシリアの困惑は、クロードに伝わらないようである。

クスリと好意的な笑い声が隣に聞こえ、「あなたはいつも恥ずかしがり屋でいらっしゃる」と誤解された。

それから彼は、嬉しそうな声で続きを話す。

「このたびのセシリア様のご活躍、国王陛下に奏上いたします。陛下もきっとお喜びになられることと思います」

その言葉に「えっ!?」と彼に向き直った彼女は、「お父様に報告するんですか？」と問いかけた。

そんなことをされては、人助けの課題をひとつクリアしたことにされてしまい、彼女にとっては望まぬ事態である。

明らかにうろたえるセシリアに、クロードは目を瞬かせ、不思議そうに尋ねる。

「もちろんです。この任務は、護衛と報告役を兼ねておりますので。なにか不都合が……？」

「い、いいえ、なんでもないんです。気にしないでください」

胸の前で両手を振り、慌ててごまかした彼女は、これ以上話せばボロを出してしまうのではないかと心配になり、会話を切り上げようと考えた。

それで逃げ出すべく、スカートをつまんで軽く腰を落とし、作り笑顔でクロードに挨拶をする。

「カメリーに叱られそうなので、わたくしはこれで失礼いたします」

彼と馬場に背を向けて足早に歩き出したセシリアであったが、数歩進んで立ち止まると、肩越しに振り向いて声をかけた。

「あの、できれば、今後の見守りは――」

見張られていると次の悪事を企みにくいので、やめてほしい……その思いを伝えたかったのに、彼に知られたくない事情でもあるため、途中で口を閉ざす。

不思議そうに首を傾げたクロードの前髪がサラサラと流れて、額の古傷を露わにする。

それを目にしたセシリアは、胸が焦がれると同時に、純粋な恋心に苛《さいな》まれた。

（ああ、悪い娘になりたいなんて、クロードさんには言えないわ。嫌われたくないもの……）

ペコリと会釈をした彼女は、潤む瞳を見られまいとして走り出す。

しかし、「足元にお気をつけて！」と心配する彼の注意を聞いた直後に、小石につまずいてしまった。

なすすべなく、前のめりにバッタリと倒れた彼女は、ぶつけた膝よりも、込み上げる恥ずかしさで胸が痛い。

「セシリア様！」

慌てて駆け寄るクロードの足音を聞きながら、今日はなにをやっても駄目だと、自分を情けなく思うセシリアであった。

靴屋に感謝されても困ります

ジャルダンの窮地を救ってしまった日から五日が過ぎた夜。

セシリアは自室にて晩餐のお召し替え中である。

サーモンピンクの豪華なイブニングドレスを纏《まと》ったら、鏡台の前に座り、艶やかな胡桃色の髪をカメリーに梳《と》かしてもらう。

王族の晩餐はいつも二十時からと決まっていて、家族のみの食事であっても着飾るのは、貴族として当然のマナーであった。

「サイドを編み込んでから、ひとつにまとめる形でよろしいですか?」と事務的な口調で問いかけるカメリーに、セシリアは半ば上の空で「ええ……」と返事をする。

鏡に映る浮かない表情をした自分と視線を交え、心は悩みの中を彷徨《さまよ》っていた。

(誰かの邪魔をするのは諦めようかしら。悪い娘だと、クロードさんに思われたくないもの……)

あれからクロードがよく視界に映り込むようになった。その理由は、国王から見守り役を命じられたためであろう。

今日も邸宅内の廊下と階段、それと勉強を終えて図書室を出たところで見かけた。いつもならクロードに会えた喜びに胸を熱くするセシリアであるが、見張られていると思えば困るばかり。

庭師ジャルダンの邪魔をするのは失敗したので、次のターゲットを探そうとしても、クロードに嫌われたくないという恋心が、それを思いとどまらせていた。

（でも、このままなにもせずにいては、婚約解消とはならないわ。どうしましょう……）

今日も、答えの出せない問題を頭の中で繰り返すだけのセシリアに、斜め後ろに立つツルリーが、能天気で明るい声をかける。

「ネックレスは、どちらになさいますかー？」

鏡越しに彼女を見れば、右手にルビーとダイヤの二連ネックレス、左手にエメラルドとダイヤの三連のものを持っている。

問いかけておきながらツルリーは、セシリアの返事を待たずに、「ドレスの色と合わせれば、こっちですね！」とルビーの方を高く持ち上げた。

「セシリア様、こっちでいいですか？」

「ええ……」

「あれ、お気に召しませんか？　それでしたら、私がつけているものをお貸ししてもいいですよ。宝石店で衝動買いしちゃったんです。ハート形の宝石がいっぱいで超可愛い！　白状しちゃうと、全部ガラス玉なんですけどー」

本当はガラス玉ではなく、ピンクダイヤで作られた本物が欲しかったと笑って説明したツルリーは、「これつけてみます？」とセシリアに勧めた。

冗談めかした口振りなので、王女がイミテーションのアクセサリーを身につけるはずがないとわかって言っているようだ。

けれどもセシリアはまだ上の空なので、「ええ、それにするわ」と承諾してしまう。

さすがに様子がおかしいと気づいたツルリーが、急に真面目な顔をして、セシリアの悩みを言い当てた。

「クロード騎士団長に嫌われることを気にされてましたよね。悪いことをするのはおやめになるんですか？　サルセル王太子と結婚させられちゃいますよ？」

すると、黙々とセシリアの髪を結い終え、仕上げにピンクのバラの生花を挿しているカメリーが口を挟む。

「いいじゃない。その方がセシリア様は幸せになれるもの」

この双子の侍女たちは、今日も意見が合わないようである。カメリーの反論を皮切りに、ふたりは唾の飛ぶ距離で向かい合い、言い争いを始めてしまう。

「好きな人と離れ離れになって、どうでもいい男と結婚させられるのよ？　どこが幸せなのよ！」

「恋など妄想にすぎないから大丈夫。今はどうでもいい男でも、一緒に暮らせば親愛の情が湧き、いずれオシドリ夫婦となれるはず」

「オシドリじゃなくて、鴨よ！　ドアの横に飾った肖像画をちゃんと見て！」

「肖像画の王太子は確かに鴨に似てるけど、オシドリはもののたとえ。鳥の種類を間違えたわけじゃないわ」

　いつもなら『喧嘩はやめて！』と仲裁に入るところだが、思い悩んでいるセシリアの口から漏れるのはため息のみ。

「ああ、時間だわ。行ってきます」と立ち上がり、ネックレスをつけずにドアへ向かう。

　引いて開けるドアを押し、「開かないわ。なぜかしら……」と呟いており、それを見ている侍女ふたりは、どうやら喧嘩している場合ではないと感じた様子であった。

　セシリアの後ろで双子が、ヒソヒソと相談している。

「ねぇツルリー、あれは恋わずらいの症状？　放っておいたらどうなるの？」

おおかみ化けみたいに」


「夢遊病になるかもしれないわ。騎士団長を求めて、夜な夜な城内を彷徨うのよ。お化けみたいに」

「それは一大事。ここは私たちがひと肌脱ぐべきだと思うわ」

「そうね、カメリー。セシリア様のためなら、ひと肌でもふた肌でも、全裸になっても構わない」

その会話が耳に入っていても、頭まで到達しないセシリアは、やっとのことでドアを開けて廊下に出る。

そしてぼんやりとした足取りで、晩餐室へと向かうのであった。

晩餐室は南棟の二階にあり、広々として豪華絢爛《けんらん》な設えである。

十二人掛けの長テーブルに着席しているのは、三人のみ。王妃とセシリア、十四歳になる弟のエドワードである。

国王は、有識者を集めての緊急会議とやらで、今日の晩餐には同席できないらしい。

セシリアの向かいの席は王妃で、その隣にエドワードが座っている。

王太子の地位にあるエドワードは、幼い頃から英才教育を施され、姉の目から見ても優秀だ。快活で朗らかな性格をして、顔立ちも整っている。人望も厚く、非の打ちどころがない。

そんな弟に、優雅にカトラリーを操る母親が、穏やかな口調で話しかけていた。

「今日は兵士の訓練場にいたそうね。剣の稽古をしていたの？」

「そうです。今日はクロード騎士団長が相手をしてくれまして――」

エドワードの話によれば、要人の護衛や警備、犯罪捜査などで出かけることの多い騎士団長が、最近は城内にいる時間が増えたと聞いて、手ほどきをお願いしたらしい。

これまで彼は他の騎士に相手をしてもらうことが多く、少しは上達した気になっていたそうだが、クロードと対戦してみて、まだまだ実力不足であると気づいたようだ。

「どうやら僕は思い上がっていたようです。騎士団長は遥かに強い。幼子のように翻弄されてしまいました」

「まぁ、そうなの。自分が未熟であると気づけたことはよかったわ。クロードのおかげね」

それまでは、ぼんやりと前菜を口に運んでいたセシリアであったが、母と弟の会話にクロードの名前が出されたことで、注意が向く。

（エドワードはいいわね。剣の稽古という名目で、クロードさんと交流できるんですもの。私も男に生まれたかったわ。そうすれば、お嫁にも行かずに済むのよね……）

食事の手を止めて、羨ましく弟を見つめていたら、母の視線が自分に向けられたのを感じた。

「セシリア、どうしたの？　なにか言いたそうね」と問われる。

「あ……」と小さな声を漏らし、返事に困って視線を泳がせれば、「悩み事でもあるの？」と優しい声をかけてもらえた。

（お母様に相談してみようかしら。結婚は嫌だという気持ちを打ち明ければ、お母様からお父様に、上手に話してくださるかもしれないわ……）

そんな甘えた考えが浮かんできたセシリアであったが、それは駄目だと、すぐに思い直す。

（きっと他国に嫁ぐことに怖気《おじけ》づいたと思われ、情けないと呆れられてしまうわ。王女に生まれた運命だと、説得されるかもしれない）

母は厳しい人である。幼い頃は甘えさせてくれたが、勉学に励まねばならない年頃になれば、我儘を許してくれなくなった。

この国の王女として、いつか嫁ぐ時に、セシリアが恥ずかしい思いをしないようにと、厳しく育てられたのだ。

それは愛情ゆえのことだと信じているので、反発することなく母親を敬愛してきたセシリアであるが、同時に、普通の母娘のように悩みを打ち明けて、どうすればいいのかと相談することが難しい関係でもあった。

前菜の皿が下げられ、目の前にはスープの皿が出される。

銀のスプーンを手に取ったセシリアは、作り笑顔を母に向け、困り果てている気持ちを隠そうとする。

「日々、考えることはありますが、わたくしは大丈夫です。ご心配いりませんわ」

すると王妃は真顔になり、娘をじっと見つめる。

母の琥珀《こはく》色の大きな瞳には、迫力がある。

思わず気圧《けお》されそうになり、返事の仕方を間違えたのかと不安になるセシリアであったが、王妃は口元に笑みを取り戻して、軽く頷いた。そして「その笑顔は作り物ね」と見破られ、「悩み事があるのはわかったわ」と気づかれてしまう。

けれども問い詰められることはない。

「すぐに相談しないのは、いい判断よ。まずは自分で解決策を考え実行すること。最初から人を頼るような弱い娘に育てた覚えはないわ」

「はい、お母様の仰る通りです……」

突き放すようなことを言われてしまい、セシリアの顔は曇る。

しかしながら、その後に続いた王妃の言葉には、娘を想う確かな愛情が込められていた。

「セシリア、よく聞いて。わたくしはあなたの味方よ。まずは自分で障壁に立ち向かいなさい。それでも壁が崩れずあなたの行く手を塞いでいるのなら、その時は遠慮なく相談して。母として、その壁を、木っ端微塵《こっぱみじん》に破壊してあげるわ」

「お、お母様……」

にっこりとした王妃の笑顔は、時として恐ろしく見える。『破壊』という言葉と相まって、母を畏怖《いふ》するセシリアであったが、同時に温かな喜びにも包まれていた。

王妃は強く賢く、優しい人でもある。

セシリアは、父から清く正しい理想を教えられ、母からは現実的なアドバイスをもらって、貴族社会の暗闇にのまれることなくまっすぐに育ってきた。

国王と王妃を色にたとえるなら、白と黒だ。両方とも頂点に立つ、崇高な色である。

父は、皆に親切にすれば回り回って自分に返ってくると言うけれど、母は違う。

貴族が集まる場では、ひとりひとりの特徴や注意点、弱点を娘に教え、どう接するべきかを、お手本を見せて教えてくれた。

その対応の中には、棘を感じさせる言動も少なからずあったように思う。

全ては自分たちの身を守るためであり、王家が他貴族の上に君臨するための術である。

王妃は、清楚《せいそ》で可憐《かれん》なその見た目とは違い、中身は随分とたくましい。

残念ながら、王妃の教えを実行するには心が清純すぎるセシリアであったが、母のような強さが欲しいと長年憧れてきたのであった。

（私だって、お母様の娘ですもの。頑張ればきっと、強くなれるはずだわ……）

母に勇気づけられた思いで、セシリアの中には、やる気が満ちてくる。

そのやる気とは、もう一度、誰かに悪事を働いてみようというものであった。

見守り役のクロードに嫌われてしまうという懸念はあるが、それさえも覚悟の上で行動しないと、なにも変えられない。

愛しい彼に二度と会えない遠い地へ、嫁がされてしまうのだ。

迷っている場合ではなかったと、セシリアは奮起した。

無事に前向きな気持ちを取り戻した彼女は、母や弟と、いつもの他愛ない家族の会話を交わしつつ料理を食べ進める。

そして今、デザートの、イチジクのタルトが出されたところである。

正しいテーブルマナーでそれを味わいながら、セシリアは新たな話題を持ち出した。

「来月、ドラノワ家でサロンパーティーがありますの」

ドラノワ公爵家と王家は親交が厚く、そこの令嬢であるイザベルとセシリアは同じ歳で、幼少の頃から親しい付き合いをしてきた。親友といっても差し支えないだろう。同年代で気の合う若い貴族令嬢が、二十人ほど集まってのサロンパーティーは、定期的に催されている。

セシリアが王城に彼女たちを招待することもあるが、今回はドラノワ家で開かれる予定で、主催者はイザベルであった。

楽しそうな顔でサロンパーティーについて話す娘に、王妃は笑顔で相槌《あいづち》を打つ。

それから、「ドレスや靴は用意したの？」と母親らしく心配した。

上級貴族の令嬢ならば、以前とまったく同じ服装で行くものではない。ドレスや靴、アクセサリーは、催しがあるたびに、最低でもひとつは新調するのが常識である。

母の問いかけにセシリアは、問題ないというように微笑んで頷いた。

「明日、コルドニエのご主人が、新しい靴のデザイン画を持ってきてくださるんです。あの店は十日もあれば靴を作ることができますから、サロンパーティーには充分に間に合いますわ」

「それならよかったわ。セシリアはしっかりしているから安心ね」

王妃は優雅に紅茶のカップを口に運び、食べ盛りのエドワードはデザートを終えても満腹にはならなかった様子で、カットフルーツを持ってくるようにと給仕の者に頼んでいる。

三人での晩餐は、穏やかに時間が流れゆく……と思ったら、「靴屋」と呟いたセシリアが、急に両手をパチンと合わせて、「そうだわ！」と大きな声をあげた。

弟は目を瞬かせ、王妃は紅茶にむせてしまい、「どうしたの⁉」と驚いた様子でセシリアに問いかけた。

「あっ、ごめんなさい」と大きな声を出したことを詫びた彼女であったが、申し訳なさを感じるよりも今は、閃いたことに興奮し、食べかけのデザートを半分残して立ち上がった。

「今すぐにやらなければならないことを思いついたの。お母様、エドワード、ごめんなさい。お先に失礼するわ！」

膝にかけていたナプキンを落として踏んでしまったことにも気づかないセシリアは、メイドが開けてくれたドアから廊下へと飛び出していく。

「まだまだ子供っぽいところがあるようね。嫁ぎ先でうまくやっていけるのかしら……」

そんな王妃の呟きは、セシリアの耳まで届かない。

そのまま自室まで駆け戻った彼女は、ドアを勢いよく開けて、侍女の名を呼ぶ。

「ツルリー、カメリー、手伝ってもらいたいことがあるの！」

セシリアが興奮しているのは、悪事を働くべき、ふたり目のターゲットを見つけたからである。

それは、明日、デザイン画を持ってくる予定のコルドニエの主人だ。

コルドニエは王家御用達《ごようたし》の老舗《しにせ》靴屋で、いつも最高の靴を作ってくれるが、今回は難癖つけて困らせようと、セシリアは考えていた。

何度も作り直しをさせた挙げ句に、悪役令嬢に相応《ふさわ》しいひどい言葉を浴びせて、靴屋のプライドを傷つけるのだ。

純粋な心のセシリアにとっては、それはかなり悪いことのように感じていた。

ジャルダンの時のように失敗しないよう、今度はしっかりと詳細まで計画して挑むつもりである。

その計画の立案を、双子の侍女に手伝ってもらおうとしたのだが……「えっ？」と戸惑いの声をあげたセシリアは、ドア口に立ち尽くす。

「な、なにをしているの……？」

自室の調度類が壁に寄せられ、広くなった絨毯の上に、魔法陣のようなものが描かれていた。

塩で描かれた円と奇妙な模様の中には、サルセル王太子の肖像画が置かれ、その横には籠《かご》に入れられた一羽のアヒルがいる。

円の外側に立つカメリーは、フード付きの黒いマントを羽織り、古い書物を開いて呪文のようなものを唱えている。

ツルリーはなぜか下着姿で、踊りながら円の周囲を回っているのだ。

双子がなぜこのようなことをしているのか、さっぱりわからないセシリアだが、とにかく他の使用人に見られるわけにはいかないと、慌ててドアを閉めて鍵までかけた。

「ね、ねぇ、ふたりとも、一体どうしたっていうのよ？」

怖々と問いかけて近づけば、ふたりは声を揃えて「儀式です」と真顔で答えた。

サルセル王太子に、アヒルになる呪いをかけていたというのだ。

様子のおかしなセシリアを心配した侍女たちは、どうすれば王女が悩まずに済むのかと相談した。その結果の黒魔術である。

王太子をアヒルに変えてしまえば、結婚しようがなく、きっとカナール王国の方から縁談はなかったことにしてほしいと断ってくるに違いない、という説明であった。

その突拍子もないアイディアに驚きつつ、「なぜアヒルなの？」とセシリアが問えば、カメリーが被っていたフードを外して真顔で言う。

「城内の池で鴨を捕獲するつもりだったのですが、逃げられてしまい、アヒルしか捕まえられませんでした。残念です」

「そ、そうなの……」

残念ね、とは同意してあげられず、曖昧《あいまい》に頷いたセシリアは、今度はツルリーに尋ねる。

「なぜ服を脱いだの？」

すると下着姿で胸を張るツルリーが、張り切って答えた。

「セシリア様のためにひと肌脱ごうという話になったからです！　黒魔術の本には、踊るというだけで、脱ぐ必要までは書かれていなかったんですけど、私のやる気が伝わるかと思いまして！」

「そ、そうなの……」

セシリアの笑顔は引きつっている。

自分のためにやってくれたことだと理解しても、呪いをかけてくれてありがとうとは言えない。

どうしたものかと困惑し、籠の中のアヒルに視線を向ければ、なにかを勘違いした様子のカメリーが、「そうなんです。効果が表れません」と話し出した。

「この書物によれば、アヒルが煙のように消え、代わりに遠い地にいる王太子がアヒルに変身するはずでした。しかしアヒルは消えません。やはり、本物ではなく、肖像画を代用したのが失敗の原因でしょうか？」

もとより、魔術の類《たぐい》はインチキなことが多い。その怪しげな本を信じている様子のカメリーに、それを教えてあげるべきかとセシリアは迷っていた。

しかし先に口を開いたのは、名案を閃いたとばかりに指先を弾いたツルリーである。

「それなら本物を、ここに召喚する術を先に使えばいいんじゃない？」

「ツルリーにしてはいい考えね。そうしましょう。召喚術は、確かこのあたりに……」

珍しく意見の合う双子が、顔を突き合わせてページを捲《めく》り始めたので、セシリアは慌てて止めた。

「ふたりとも、魔術はやらなくていいわ！　わたくしは大丈夫。もう一度、自分の力で、運命に抗うことに決めたのよ」

「と、いいますと……？」

声を揃えた双子が、よく似た瞳を瞬かせてセシリアを見る。

にっこりと微笑んだセシリアは、澄んだ碧眼《へきがん》に強い決意を表し、靴屋に悪事を働くことを打ち明けた。

「ナイスアイディアです！　早速、細かな計画を立てましょう！」

ピョンと飛び跳ねたツルリーが、真っ先に賛成してくれた。

いつもながらに、誰よりもやる気満々である。

一方、真顔のカメリーは、セシリアに向けて右手を差し出し、「リスクを伴いますので、金貨一枚になります」と代金を要求する。

リスクとは、万が一、悪事に協力したことが国王にバレて、侍女をクビにされる恐れがあるということだろう。

現金な侍女に苦笑いしつつ、キャビネットから金貨を取り出して手渡せば、カメリーも笑顔になった。

「ふたりとも、私と一緒に頑張って意地悪してね」

「お代の分はきっちりと」

「三人で立派な悪女を目指しましょう！　楽しくなってきましたー！」

セシリアたちは、「エイエイオー！」と拳を天井に突き上げる。

おかしな団結力を高める、うら若き三人の貴族令嬢を、肖像画の王太子と籠の中のアヒルが無言で見つめていた。

翌日、街の教会の鐘の音が正午を知らせてから一時間ほど過ぎた頃に、靴屋、コルドニエの主人がやってきた。

王城の一階、南棟の応接室に靴屋を通し、セシリアは肘掛け付きの椅子に足を組んで偉そうに座っている。

ふたりの侍女がセシリアを挟むように左右に立ち、テーブルの向かいの長椅子に腰かけているのは靴屋の主人。

彼は木綿の貫頭衣《かんとうい》にポケットのたくさんついた茶色のベストとズボンという職人風の衣服の上に、小綺麗なジャケットを羽織っている。一見して簡素な出で立ちであるが、黒い革靴はさすが老舗靴屋というべき立派なものであった。

四角い顔で丸い鼻の下には密度の濃い髭を蓄えているせいか、四十一歳という、その年齢より五歳ほど老けて見えた。

この応接室に彼が入ったのは、三分ほど前のことで、それからずっと不思議そうな顔をしている。

なにが不思議なのかといえば、セシリアの態度だ。

コルドニエの主人は何年も前から、こうして靴を作るためにセシリアと面会しているが、王女はいつでもにこやかで優しく対応してくれた。

それが今日はなぜか横柄な態度で、鼻先を斜め上にツンと向け、人を見下すような目をしている。

「セシリア様、今日はお加減がお悪いのでしょうか……?」

靴屋が疑問に思って問いかければ、セシリアは冷たい声で答える。

「悪いところなどありませんわ。これがいつものわたくしよ。そんなことより、早くデザイン画を見せなさい」

悪役令嬢らしい話し方ができるようにと、昨夜セシリアは、侍女たちの助けを借りて特訓した。

こう言われたら、こう答えようという会話マニュアルまで作り、高慢な口調と態度を一夜漬けで身につけたのだ。

その努力のかいあってか、靴屋の主人は「も、申し訳ございません」と焦り顔でスケッチブックを鞄《かばん》から出し、ページを開いてテーブルに置く。

右隣に立つツルリーがそれを手に取り、「セシリア様、どうぞ」と硬い表情を作って手渡した。

そこには、先が細めで流麗なラインのパンプスが描かれている。

サロンパーティーには淡いピンク色のドレスを着ていくとあらかじめ話しておいたので、靴屋はそれに合わせてパンプスを濃いピンクにしたようだ。

ヒールの上部の革にはさりげない花刺繍が施されて可愛らしく、セシリアの好むデザインである。

「まぁ！　か――」

思わず『可愛い』と喜びそうになったセシリアであるが、左隣に立つカメリーが咳払いをして注意を与えてくれたため、ハッとして冷たい表情に戻した。

「まぁまぁね。でも、このデザインでは満足できないわ。やり直しよ」

スケッチブックをテーブルにポンと投げ置いて、足を組み替えたセシリアは、フンと鼻を鳴らす。

それも悪役令嬢マニュアルに書かれた対応の仕方で、双子の侍女も同調して頷いている。

硬い顔を崩すまいと努力しているツルリーが「つまらないわ」と感想を述べ、「ありきたりなデザインですね」と真顔のカメリーが文句をつけた。

「やり直しですか……承知しました」

スケッチブックを回収した靴屋は、困惑した顔をしている。

いつもの王女なら、絶対に喜んでくれるデザインだと思っていたからだろう。

「それでは、ご希望を承ってもよろしいでしょうか？　色や形、装飾はどのようにしたらよいのでしょう？」

王女の機嫌を窺《うかが》うような目をして尋ねた靴屋に、セシリアは口元に手を当て、オホホと嘲《あざけ》るように笑ってみせた。

「わたくしに考えろと仰るの？　それはあなたの仕事でしょう。わたくしは、好きか嫌いかを判断するだけよ」

「し、しかし、それでは——」

眉尻を下げながらも反論しようとした靴屋に、セシリアは「お黙りなさい！」とピシャリと言い放った。

「今すぐ帰ってデザイン画を描き直しなさい。来月のサロンパーティー用の靴なのよ。時間がないわ。もし間に合わなかったら、あなたのせいですからね」

理不尽な厳しい言葉をかけられて、コルドニエの主人は納得のいかない顔をしているが、それでも相手が王女では、この仕事を断るわけにはいかないのだろう。

立ち上がると、セシリアに向けて深々と頭を下げる。

「明日、新しいデザイン画をお持ちいたします」と言い、首を傾げて応接室から出ていった。

ドアが閉められ、三人だけになると、セシリアは大きく息を吐き出して、肘掛けにぐったりともたれかかる。

慣れないことをするのは、疲れるものであった。

「うまく演技できていたかしら？」との問いかけに、ツルリーが指でＯＫサインを作り、はしゃいだ声で言う。

「バッチリです！　意地悪な感じがよく出ていたと思いますー！」

ツルリーは合格点を与えてくれたが、カメリーの採点は厳しい。

「六十点ですね。『わたくしに考えろと仰るの？』という台詞《せりふ》は、敬語になってしまったので減点です。それから……」

口調も、もう少し高飛車で我儘な感じが出せたらよかったと指摘を受けたセシリアは素直に頷いた。

「次はもっと頑張る。コルドニエの主人が『もう無理です』と弱音を吐くくらいに困らせてみせるわ！」

両手を握りしめ、やる気をみなぎらせるセシリアは、麗しき騎士団長の姿を思い描

あった。


いている。

クロードさんと離れたくない……そのひたむきな恋心が、彼女を奮い立たせるので

それから四週間ほどが経つ。

ドラノワ公爵家でのサロンパーティーは八日後に迫っていたが、セシリアの靴は完成していない。

デザイン画を十回描き直しさせ、やっと許可を与えて製作に入らせたかと思えば、革の種類やステッチに難癖をつけ、挙げ句の果てには気が変わったから別のデザインにすると言い、靴屋を困らせていた。

靴屋の主人に申し訳ないと思いつつも、悪役令嬢を一生懸命に演じてきたセシリアは、今はひとり自室にいる。

チラリと柱時計を見れば、時刻はそろそろ十五時になろうとしていた。コルドニエの主人が、作り直しを命じたパンプスを持って、間もなくやってくることだろう。

それまで練習に励もうと、生真面目なセシリアは鏡台に向かって座り、意地悪な顔を作って高慢な台詞を口にする。

「ひどいパンプスね。こんなのいらないわ。わたくしの望む靴を作れなくなったなんて、腕が落ちたのかしら？　老舗の名が泣くわよ」

（顔を斜めに向けた方が嫌な感じが出るかしら？　単調にならないように、厳しい言葉の前は声を柔らかくした方がいいと、カメリーに言われたわね……）

「もうコルドニエに注文しないわ。不愉快よ。二度とわたくしの前に顔を見せないでちょうだい！」

（コルドニエには、子供の頃からお世話になっているのに、こんなことを言ってしまえば二度と靴を作ってもらえないわね。悲しいわ……でもやらないと）

少々感傷的になりつつも、セシリアが真剣に練習していたら、ドアがノックされてツルリーが元気に入ってきた。

「セシリア様、靴屋が来ましたよ！　いつもの応接室で待たせてます。いよいよこのミッションの最終段階ですね。気合いを入れて頑張りましょー！」

「わかったわ。いざ……！」

出陣前の兵士のような心持ちで、セシリアは椅子から立ち上がった。

ツルリーと一緒に、南棟一階の応接室前まで移動する。

胸に手を当て深呼吸してから、ツンとした澄まし顔を作り、ツルリーが開けたドアから足を踏み入れた。

セシリアがいつも座る椅子の右横にはカメリーが姿勢正しく立っており、まるで見張り兵のような面持ちである。

カメリーに監視されているのは、長椅子に腰かけているコルドニエの主人。

それともうひとり、靴屋の右隣に若い男性が座っていた。

（どなたかしら……？）

セシリアの入室に気づいて立ち上がった男性ふたりは、ドアの方に振り向いて深々と頭を下げる。

ひとり掛け椅子に歩み寄ってそこに腰かけたセシリアが、横柄な態度で足を組むと、靴屋の主人は顔を上げて隣に立つ青年を紹介した。

「十九歳になる私の息子、タロンと申します。コルドニエで靴職人をしております。本日は勝手に連れてきましたこと、どうかお許しください」

タロンはスラリと細身の体型をして、父親と同じ職人風の衣服の上にジャケットを羽織っている。

丸い鼻は父親譲りだろう。若者らしい溌剌《はつらつ》とした笑顔と、イキイキと輝く瞳をした好青年に見えた。

ふたりを交互に見たセシリアは、戸惑いがちに声をかける。

「わ、わかりました。同席を認めましょう。お座りになって」と言った声が少々上擦ってしまったのは、息子が同席することを想定した練習をしていなかったことと、靴屋の主人がなぜか嬉しそうにニコニコとしているからであった。

(先週、お会いした時には、疲れた顔をしていたのに、どうして……?)

これまで、何度靴を作り直してもセシリアにはねつけられ、厳しい言葉をかけられてきたコルドニエの主人は、ほとほと困り果てた様子であった。

前回の来城では、『なにを作ってよいのやら。靴屋としてやっていく自信がなくなりそうです』とこぼして、確かなダメージを受けていた。

それなのに、なぜ今日は上機嫌なのか。

息子にいいところを見せたくて張り切っているのだとしても、そこまで嬉しそうな顔はしないだろう、と思うほどの笑顔である。

セシリアの戸惑いを察したのは、左右に立つ侍女ふたりである。

セシリアに代わってカメリーが「それでは靴を見せてください」と事務的な口調で催促し、ツルリーが「今度こそ満足のいく品物なのでしょうね」と嫌味な言い方をした。

侍女に助けられてハッとしたセシリアは、悪役令嬢らしい意地悪な表情を取り戻し、偉そうに足を組み替える。

「わたくし、忙しいのよ。早くして」と冷たい声をかけたが、靴屋の親子は笑顔を崩さない。

「かしこまりました」と父親が紙箱をテーブル上に置き、その蓋《ふた》を息子が開ければ、艶々に磨かれた青いパンプスが現れた。

前回の面会でセシリアが、『サロンパーティーに着ていくドレスを水色に変えたの。このピンクの靴は合わないから、寒色系のものにしてちょうだい』と理不尽な作り直しを命じたゆえの、青いパンプスである。

甲の部分に縫いつけられたスパンコールがキラキラと上品に輝き、滑《なめ》らかな曲線が美しい。夏空のような清々しさもあり、セシリアはひと目で気に入った。

けれども、その気持ちを隠してフンと鼻を鳴らし、練習した台詞を言い放つ。

「ひどいパンプスね。履いてみようという気になれないわ。わたくしの望む靴を作れなくなったなんて腕が落ちたのかしら？　老舗の名が泣くわよ」

目線や顔の角度、言葉の強弱や抑揚など、それは完璧に近い悪役令嬢っぷりであった。

しかしながら、靴屋の親子は期待外れの反応をする。

笑顔の父親は「仰る通りでございます！」と興奮気味に答えて息子の肩をポンと叩いた。

息子のタロンも、少しも落ち込むことなく、「ご指摘ありがとうございます！」と張り切った受け答えをする。

セシリアも侍女たちも、これには困惑を表さずにはいられない。

（私、随分とひどい言葉をかけたはずよね。コルドニエの親子は、どうして喜んでいるの……？）

その理由を、靴屋の主人が話し出す。

「ひとり息子のタロンを後継にするべく、幼少の頃から靴作りを仕込んできたのですが――」

王家御用達の老舗、コルドニエは、職人を四十人ほど抱える大きな靴屋で、経営は彼らの一族が代々世襲で引き継いできたらしい。

次期店主となるべく靴作りの英才教育を施されてきたタロンは、わずか十歳の時には商品として売り出せるほどの靴を作れるようになった。

タロン自身も真面目に一生懸命に腕を磨いたおかげで、今では古参の職人たちをも唸らせる優秀な職人になったのだという。

これでいつでも、家督を息子に譲ることができる。

靴屋の主人はそう思って、安心していたそうなのだが……。

ふた月ほど前に、突然、タロンが職人を辞めたいと言い出したそうだ。

父親が驚いて理由を尋ねると、息子は悪びれずにこう言ったという。

『飽きたんだよ。どんな種類の靴だって、最高のものを作れるようになった。これ以上、親父から学べるものもない。だから宝石職人になろうと思うんだ。ジュエリーのデザインは無限にある。やりがいがありそうだ』

どうやらタロンは、一流の腕前になったと自覚したら、靴作りへの興味や情熱を失ってしまったらしい。

向上心の強い性格ゆえに、これ以上学ぶことのない靴職人よりも、他の仕事をゼロから始めたくなったそうだ。

それがジュエリー職人だという話であった。

そこまでを説明したコルドニエの主人は、辞めると言い出した息子との一問着《ひともんちゃく》を思い出してか、かぶりを振って重たいため息をついた。

けれども、今はもう解決済みの問題であるらしく、すぐに笑みを取り戻すと、明るい声で続きを話し出す。

セシリアと侍女ふたりは、戸惑いの中でそれを聞いているしかなかった。

「息子が靴作りへの情熱を取り戻してくれたのですよ！　それと言いますのは――」

今回のセシリアのパンプス製作を担当していたのは、タロンであったらしい。

セシリアが何度もデザイン画を描き直しさせ、理不尽な要求を突きつけたことで、タロンは、自分はまだ靴職人として未熟であると認識を改めたそうだ。

次こそ王女を満足させるパンプスを……と思い、ほとんど寝ずに製作に没頭したこの四週間ほどの間、楽しくて仕方なかったという。

彼の職人魂に再び火が灯り、メラメラと燃え上がったのは、セシリアのおかげであるという話であった。

それまでにこやかに、父親の説明に頷くだけであったタロンが、ウズウズとした面持ちで口を挟む。

「やはり自分には、この道が合っているようです。それを気づかせてくださいました王女殿下には、感謝してもしきれません。ありがとうございました！」

座ったままで勢いよく頭を下げたタロンは、セシリアの困惑に気づくことはない。

顔を上げた彼は、「それでは、今回も作り直しということで、これを持ち帰りまして――」とパンプスの入った紙箱に手を伸ばした。

それを見たセシリアは、慌てて止める。

「いいえ、もういいの！」

「と、申しますと……？」

どうやら難癖つければつけるほど、靴屋を喜ばせてしまうようだ。

これ以上、意地悪しても意味はない。

それを理解したセシリアは、紙箱から青いパンプスを取り出して胸に抱くと、恥ずかしそうに頬を染めて親子に言う。

「あの、この靴、とても素敵です。サロンパーティーに履いていくわ。何度も作り直しをさせて、ごめんなさいね……」

達成感を味わっているような清々しい顔をしたコルドニエの親子は、「ありがとうございました！」と王女に向けて深々と頭を下げると、応接室を出ていった。

三人きりになると、セシリアたちは揃ってため息をつく。

「悪役令嬢計画は失敗です。靴屋にあのような裏事情があったとは予想外でした」

眉を寄せてそう言ったのはカメリーだ。

肩を落としたツルリーは、心配そうにセシリアを見ると、「また人助けしちゃいましたね」と声をかける。

それに力なく頷いたセシリアは、椅子にぐったりと体を預けてうなだれた。

「一生懸命に意地悪したつもりだったのに、どうしてこうなっちゃうのかしら……」

庭師ジャルダンの時も、悪事を働いたつもりが人助けの結果となってしまった。

今回も同じだと嘆息するセシリアを、侍女ふたりが慰めようとする。

「今回の件は、なかったことにしましょう」とカメリーが淡々とした声で言った。

「靴屋とのやり取りを誰にも見られていませんし、きっと国王陛下の耳にも入りません。仕切り直せばいいかと思われます」

「そ、そうよね。お父様に伝わらなければ、人助けの課題のふたつ目をクリアしたことにはならないわよね」

カメリーに同意したセシリアは、椅子の背もたれから体を離すと、グッと右手を握りしめた。

「わたくし、まだ諦めないわ。次のターゲットを探さなくちゃ！」

するとツルリーが隣で拍手して、嬉しそうに応援する。

「セシリア様、その意気ですよ。次は絶対に成功すると思います。また三人で頑張りましょー！」

双子に励まされたセシリアが、なんとか元気を取り戻したら、時刻は十六時半になろうとしていた。

侍女たちは、間もなくお茶の時間だと、準備のために先に応接室を出ていく。

青いパンプスを腕に抱いたセシリアも、侍女たちに遅れること数分してドアを開け、自室に戻ろうとした。

廊下を進み、階段へ向かう。

高い位置にある、明かり取りの窓から差し込む光は茜色《あかねいろ》を帯び、白大理石の豪奢《ごうしゃ》な階段を暖かな色に染めていた。

階段を上ろうと、一段目に足をかけたセシリアを、誰かが後ろから呼び止める。

「セシリア様」

低く響く聞き心地のよい声は、クロードのもの。

彼だとすぐに気づいたセシリアは、弾かれるように振り向いた。

黒い騎士服を纏った彼は、今日も麗しい。

思わず頬を熱くして、声をかけてもらえた喜びに胸を弾ませた彼女であったが、その笑顔はすぐにぎこちないものに変わる。

一歩の距離まで近づいて足を止めたクロードに、嬉しそうな顔で褒められたからである。

「靴屋の親子を救われたのですね。素晴らしい。さすがはセシリア様です」

ここ数日、クロードに監視されている気配はなかった。

王都に暗躍する悪党一味のアジトが割れたとのことで、騎士団長が自ら陣頭指揮を執り、大規模な捕獲劇を繰り広げていたため多忙であったのだ。

それなのに、なぜクロードが靴屋との一件を知っているのか……。

動揺に心臓を波打たせるセシリアが、「どうして、そのことを……？」と問いかければ、彼はサラリと答える。

「私が任務を終え帰城したところ、城門前で靴屋の親子と鉢合わせたのです」

彼の話によると、コルドニエの親子は、帰ろうとしているところであったらしい。

やけに嬉しそうな顔をして、『セシリア様のおかげで……』と大きな声で会話していたため、気になったクロードは馬を下り、彼らを呼び止めた。そして、なにがあったのかを全て聞いたそうだ。

ちなみに、セシリアが意地悪な作り直しを何度も命じていたことも、彼は知っていた。

セシリアと面会した後に靴屋の主人が困り顔をして帰っていく姿を、これまでに数回、目撃したことがあるのだという。

応接室前の廊下を通りかかったら、厳しく注文をつけるセシリアの声が微かに漏れていて、それを耳にしたこともあるのだとか。

普段のセシリアなら、たとえ気に入らないデザインの靴を持ってこられたとしても、せっかく作ってくれたのだからと、お礼を言って買い取ることだろう。怒ることは決してない。

セシリアがそういう性格であるとクロードは知っているので、これはなにか考えがあっての厳しい対応なのだろうと思ったそうだ。

そして彼はセシリアを信じ、静観していたらしい。

涼しげな瞳を細め、セシリアに尊敬の眼差しを向ける彼は、話を続ける。

「靴屋から事情を聞いて、セシリア様がなにをなさりたかったのかがわかりました。息子さんに靴作りへの情熱を取り戻させるために、わざと困らせていたとは感服です。それにしても、靴屋の悩みを、どのようにしてお調べになったのですか？」

ギクリとしたセシリアは、目を泳がせて嘘をついてしまう。

「それは、ええと……コルドニエの主人が、以前、そのようなことを話していた覚えがあったので……」

たとえクロードに嫌われたとしても悪役令嬢計画を成功させたいと思っていたはずなのに、愛しい彼を目の前にすれば、自分をよく見せようとしてしまう。

純粋な恋心ゆえに、クロードの勘違いに話を合わせてしまったセシリアであったが、同時に後ろめたい思いが広がった。

（本当は意地悪しようとしていただけなのよ。クロードさんに褒められる資格はないわ……）

彼のまっすぐな視線から逃げるように、セシリアは俯いた。

するとクロードの右手が伸ばされ、男らしい指で顎をすくわれる。

目を丸くして驚くセシリアに、クロードはフッと柔らかく笑った。

「泣いておられるのかと思ったものですから……。私の勘違いですね。失礼しました」

すぐに顎先から指は外されたが、セシリアの動悸《どうき》は治《おさ》まらず、ますます激しく鳴り立てる。

（お父様にだって、こんなことをされたことがないわ。どうしましょう。恥ずかしくてたまらない……）

セシリアがそのような心持ちでいることを知らないクロードは、さらに彼女の心を乱す行為に及ぶ。

両腕でパンプスを抱えている彼女の右手を取ると、腰を落として、その白い手の甲にそっと口づけたのだ。

セシリアの手より少し温度が高く、柔らかな唇の感触に、彼女は意識の全てを持っていかれて驚きに包まれる。

手の甲へのキスは、男性から女性への敬愛の情を示すものであり、クロードの行為に色めいた意味はないのだろう。

それがわかっていながらも、ウブなセシリアは湯気が立ちそうなほどに顔を火照らせて、石のように固まってしまう。

（ク、クロードさんの唇が、私に……。これは夢なの……⁉）

唇を離し、彼女の手も放したクロードは、明かり取りの窓から差し込む夕日に眩しげに目を細めて微笑んだ。

「親愛なるセシリア様、このたびのご活躍も国王陛下にご報告いたします。人助けの課題はあとひとつですね。セシリア様でしたら、きっとやり遂げると信じております」

その言葉で夢心地からハッと現実に引き戻されたセシリアは、報告されては困ると慌て出す。

内緒にしてほしいと頼もうと口を開きかけたのだが、「それでは失礼いたします」

と話を終わらせたクロードに背を向けられてしまった。

銀刺繍の施された黒い騎士服は、美麗な彼を凛々しく引き立てる。

ロングコートの裾を翻し、廊下を颯爽《さっそう》と去っていく彼を呼び止められなかったセシリアは、小さなため息をついた。

これで、父親から与えられた課題のふたつ目をクリアしてしまったことになる。

肩を落として泣き言を口にしたくなったが、落ち込みそうな心を叱咤《しった》すると、彼女は前を向いた。

（沈んでいては、自分の運命を変えることができないわ。泣いている暇はないのよ。早く次のターゲットを探さなくちゃ……）

クロードと離されないためにと、自分を奮い立たせれば、彼の唇が触れた右手の甲をまた意識してしまう。

（この手はどうしたらいいのかしら？　もったいないから、今日は洗わないでおこうかな……）

甘酸っぱい喜びが込み上げる。

頬を染めてはにかむセシリアは、階段に足を進めつつ、フフッとひとり笑いをするのであった。

真の親友と言われても

図らずも靴屋の問題を解決してしまってから八日が過ぎ、今日はサロンパーティー当日である。

十六時からのパーティーに向け、自室で支度を整えたセシリアは、ベッド横の壁に据えつけられた姿見の前に立っている。

「セシリア様、どうですか？　私はとってもお綺麗だと思いますー！」と、ヘアブラシを片手に隣ではしゃいだ声をかけるのは、ツルリーだ。

水色のドレスは胸元がやや広めに開いており、白く滑らかなセシリアの肌が見えている。襟元には二連のダイヤのネックレスを下げ、下ろし髪はシルクのリボンで飾っていた。

履いているのは、コルドニエのタロンが製作した、あの青いパンプスである。

ツルリーの問いかけに、「これでいいと思うわ。お手伝いありがとう」と返事をしたセシリアであるが、その表情はなんとなく浮かないものであった。

その理由は、靴屋の一件があった後も、二度にわたって悪事を企てたのだが、失敗に終わったからだ。

セシリアは四日前、悪事のターゲットをメイドにして、掃除の邪魔をしようとした。

屋敷の二階にある小ホールにふたりの侍女と忍び込み、掃除をしたばかりの大理石張りの床にバケツの水をぶちまけ、『全然綺麗になっていないじゃない。掃除をやり直しなさい！』と言うつもりであったのだが……。

小ホールに呼び戻されたメイド三人は、水浸しの床を見てもショックを受けることも怒ることもなく、セシリアに笑顔を向けてこう言ったのだ。

『まぁ、油汚れが浮き上がっておりますわ！』

『こんなに汚れが残っていたとは気づきませんでした。思いきり水を撒《ま》いた方が綺麗にできるものなのですね。掃除の仕方をお教えくださいましてありがとうございます』

『お優しいセシリア様のおかげで、王妃殿下のお叱りを受けずに済みそうです。感謝いたします！』

邪魔したつもりが掃除の手伝いをしてしまい、悪事の計画はあえなく失敗となった。

それならばとセシリアは二日前、王城医師の助手に嫌がらせをしようと企んだ。

助手は二十歳の青年で、医学について勉強中の身である。医師の指示で胃薬の原料となる薬草を野山で採ってきた彼は、裏庭でそれを乾燥させていた。

その様子を物陰からこっそり覗いていたセシリアは、助手が屋敷内に戻った隙をついて、つるしてあった薬草を全て外し、焚《た》き火にくべたのだ。

そこに、初老の王城医師と助手の青年が戻ってきて……。

『夜明けから四時間もかけて集めた薬草でしたのに、なんということを……』とセシリアを非難しかけた助手を、王城医師が『バカもん！』と叱りつけた。

医師は燃えかすを指差して、厳しい声でこう言った。

『これは薬草ではないぞ。葉の形がよく似ているが、毒性のある別の植物だ。セシリア様が気づいて燃やしてくださらなければ、一大事になるところじゃったぞ！』

王城医師と助手に、深々と頭を下げられ感謝されてしまったセシリアは、悪事の才能がないことを悲嘆していた。

失敗の中で唯一、よかったことを挙げるとするなら、それら二件の人助けをクロードに見られていなかったことであろうか。

彼は騎士団長としての任務で、五日前から王城を留守にしている。他貴族の領内で起こった内乱の制圧のため遠征に出ている話は、ツルリーが調べて教えてくれた。

クロードが長期不在のこの期間は、彼に嫌われることを恐れずに悪事を働くチャンスであったのに、立て続けに失敗し、セシリアは肩を落としていた。

けれども、セシリアと侍女たちは、まだ諦めていない。

ノックの音がして、部屋に入ってきたのはカメリーだ。

「馬車のご用意が整いました」と事務的な口調で知らせた彼女は、その後にニヤリとした。

「サロンパーティーで次のターゲットを見つけてきてください。帰られましたら、悪事の計画を立てましょう。金貨一枚で請け負います」

カメリーに振り向いたセシリアは、真面目な顔で深く頷く。

悪事のターゲットは、なにも城内で探す必要はない。今日は二十人ほどの同年代の貴族令嬢が集まるので、その中から選ぼうとしていた。

「意地悪できそうな相手を、きっと見つけてくるわ！」と意気込み、ドアへと歩き出したセシリアを、ツルリーが後ろから呼び止める。

「セシリア様！」

振り向けばツルリーが、なぜか眉を寄せていた。

いつもの明るい雰囲気を消した彼女が、心配そうに注意する。

「くれぐれもイザベル嬢には気をつけてくださいね。私の勘では、絶対になにかを仕掛けてきます。あの方こそ、真の悪役令嬢ですから」

「またその話なの？　もう、ツルリーの勘違いよって、何度も言ってるのに……」

ドラノワ公爵家のイザベルは、セシリアと同じ歳で、ふたりは幼い頃からよき友人として交流してきた。

ふたりとも見目麗しく、ピアノやレース編みなど、貴族令嬢としての嗜《たしな》みにも優れていたため、時としてライバルと噂されることもあった。

しかしながらセシリアとしては、一緒に趣味やお稽古事を楽しめる友人としか見ておらず、これまで何度もツルリーに気をつけるように言われてもイザベルを擁護するばかり。

今も笑って受け流し、注意の言葉を少しも聞かない王女を、ツルリーが真顔で追及する。

「昨年の王城晩餐会では、ドレスを破かれたじゃありませんか」

「あれは、イザベルの羽根扇が壊れていて、尖った骨組みがドレスに引っかかってしまっただけ。アクシデントなのよ」

「舞踏会のあれは？　膝を擦りむかれましたのに、嫌がらせじゃないと言うのですか？」

「もちろんよ。イザベルがめまいを起こしてぶつかってしまっただけですもの。転んだわたくしに手を差し伸べて、謝ってくれたわ」

ツルリーがなにを言っても、セシリアはイザベルを信じて疑う気はさらさらないようである。

しまいには、「イザベルはいつだって親切よ。小さな頃からのわたくしの親友を悪く言わないでね」と逆に注意されてしまったツルリーは、閉口するしかない。

頬を膨らませているところを見れば、納得していない様子だが、これ以上説得の言葉を見つけられなかったのか、「いってらっしゃいませ」とだけ言って王女を送り出した。

カメリーと一緒に自室を出たセシリアは、一階まで下りて正面玄関から外へ。

玄関アプローチの前に横づけされている馬車に乗り込むと、見送りのカメリーが、「ターゲット探しをお忘れなく」と念を押す。

その口元が綻《ほころ》んでいるところを見れば、協力の対価として金貨をもらっているところを想像しているのではあるまいか。

使用人男性が馬車の扉を閉めると、御者《ぎょしゃ》が馬に鞭《むち》を打つ。

走り出した馬車は、広大な前庭を抜けて城門から出ると、丘をゆっくりと下り、道幅の広い王都のメインストリートに入った。

外はまだ明るく、夕焼けの片鱗《へんりん》も見えない。立派な佇《たたず》まいの店々が建ち並ぶ通りは、買い物客や商売人が行き交い、いつでも賑やかだ。

メインストリートから横道に折れ、港の方へと十五分ほど進めば、ドラノワ公爵邸に到着した。

赤瓦の屋根に白壁の大邸宅は、背景に青く輝く海と岬の灯台がチラリと見える。

（いつ来ても美しい屋敷よね……）

玄関前で馬車を降りたセシリアは、潮の香りを仄《ほの》かに含んだそよ風に吹かれ、気持ちよさそうに目を細めた。

次のターゲットを探すという目的を忘れてはいないが、今は楽しい心持ちでもある。

それは、親友のイザベルに会えることが嬉しいからであった。

ドラノワ家の執事が出迎えてくれて、屋敷内に足を踏み入れたら、イザベルが玄関ホールに姿を現した。

彼女は利発そうな大きな目をした美しい娘で、縦巻きの赤茶の髪を下ろし、真紅のバラの生花で飾っている。ドレスはワインレッドで、大胆に開いた襟元からは、寄せて上げた胸の膨らみがチラリと覗いていた。

「セシリア、いらっしゃい。待っていたわ」とにこやかに歓迎してくれた彼女だが、その直後に顔をしかめると文句を言う。

「遅かったじゃない。他の皆さんは、もう着いているわよ」

「え？　わたくし、遅れたのかしら……」

セシリアが首を傾げて玄関ホールの柱時計を見れば、時刻は十六時十五分前である。

目を瞬かせるセシリアに、イザベルは横髪を指先で払うと、クスリと笑って言った。

「十五時半からよ。皆さんをお待たせしているのだから、謝ってね」

受け取った招待状には、十六時開始と書かれていた気がしたのだが……見間違いであっただろうかとセシリアは思い、非を認めてイザベルに謝罪した。

「開始時間を間違えてしまったわ。イザベル、遅れてごめんなさい。お待たせした皆さんにも謝るわ」

「そうしてちょうだい」と言ったイザベルは満足げに頷くと、セシリアを案内して廊下を進む。

着いたのは、この屋敷で一番広い応接室。

使用人が開けてくれたドアから中に入れば、グランドピアノが最奥に置かれ、それを囲うように半円を描いた椅子が二列に並べられていた。

その客席には、色とりどりのドレスを着た若い貴族令嬢が二十二人座って待っている。

今日の集まりは、ピアノサロンである。

国内で活躍している有名なピアニストを招いて演奏を聴き、その後は音楽について語らいながらお茶とお菓子を皆で楽しむのだ。

娘らしい明るいお喋《しゃべ》りの声が満ちていた応接室は、王女が入ってきたことで一旦、静かになる。

このようなサロンパーティーは、年に四回ほど、ホストとテーマを変えて開催しているため、全員が友人関係にある。

とはいっても、この中で最も崇高な地位にある王女に対する礼儀は重んじられ、近づいていくセシリアに皆が立ち上がって会釈した。

「セシリア様、ご機嫌よう」

「お久しぶりです。本日はお会いできるのを楽しみにして参りました」

あちこちから挨拶の声がかけられ、微笑んで応えるセシリアは、客席のすぐ後ろで足を止めた。

隣に並んでいるイザベルが、なんとなく面白くない顔をしているのは、どういうわけなのか……。

イザベルはセシリアの背中を軽く叩いて、「ほら」と遅刻を詫びるように催促する。王女には敵わずとも、イザベルも公爵令嬢というかなり高い地位にいる。幼い頃からの親友ということもあり、王女を呼び捨てて背中を叩ける令嬢は、イザベルくらいのものだろう。

それを不快に思ったことはただの一度もない純真なセシリアは、「ええ」と頷いて、他の令嬢たちに向けて頭を下げた。

「皆さん、遅れてごめんなさい。開始時間を勘違いしていたの。随分とお待たせして、失礼なことをしてしまったわ。どうかお許しください」

両手をお腹の前で揃え、頭を上げない王女に、令嬢たちは慌てた様子で口々に声をかける。

「ほんの十五分ほどですわよ。どうかお気になさらないでくださいませ」

「皆さんと楽しくお喋りしていましたので、待たされた気はしませんわ。どうか頭をお上げください」

「いつも優しいセシリア様に、わたくしたちは感謝しているほどです。たとえ数時間遅れてお越しになっても、誰も不愉快には思いません」

セシリアを気遣う令嬢たちの顔を見れば、その言葉に偽りはないようである。

怒らずに優しい言葉がけをしてもらえる理由は、これまでセシリアが、誰に対しても親切な対応をしてきたからであろう。

顔を上げたセシリアが、「皆さん、ありがとうございます」と微笑んでお礼を言えば、パチパチと拍手が沸いて、温かな雰囲気に包まれた。

まるでセシリアに賞賛の拍手が浴びせられているかのような、おかしな状況である。

するとイザベルが、なぜか不満げな顔をして大きく手を二度叩き、皆を静かにさせた。

「挨拶はこのへんにして、ピアノサロンを始めますわよ。先ほど皆さんにお伝えした通り、今日お招きする予定でしたピアニストは、急病でお越しになれません。ですので、代わりにわたくしとセシリアが、演奏いたします」

「えっ⁉」とセシリアは驚いて、隣を見た。

イザベルはなにか問題でもあるのかと言いたげに、小首を傾げて微笑むだけで、突然の演奏の要求を悪びれる様子はない。

最近は悪事を企むことに必死で、ピアノの練習をさぼり気味であったため、セシリアは困り顔になる。

皆の前で弾かなければならないのなら少しは練習してくればよかったと不安に思い、

「楽譜を持ってきていないわ」と、それを口実に断ろうとした。

けれども、そう言われることを予想していたかのように、近くの椅子の上から楽譜を取ったイザベルがセシリアに差し出す。

「はい、これがあなたが演奏する楽譜よ」

曲目は『小鴨のワルツ』。明るいサロンパーティー向きの曲で、それほど難しくはない。

セシリアの得意曲のひとつでもあり、彼女はホッと息をついた。

（私が弾きやすい曲を選んでくれたのね。やっぱりイザベルは優しい人よ。私のことをよくわかってくれるのも嬉しいわ）

この選曲がイザベルの親切心からのものであると信じて疑わないセシリアは、「ありがとう」とお礼を言って楽譜を受け取った。

にっこりと微笑んだイザベルが、「客席に座って」とセシリアに促す。

「まずは、わたくしから演奏するわ」

そう言ってグランドピアノに歩み寄り、イザベルはそっと椅子に腰を下ろした。

ピアノは貴族女性の教養のひとつとされ、ここに招待されている令嬢たちは皆、小さな頃から家庭教師をつけて練習を重ねてきた。

それでも、生まれ持った才能というものには違いがある。

イザベルとセシリアは抜きん出て上手で、種々の集まりの場では、皆の前で演奏を頼まれることが子供の頃からたびたびあった。

おそらくふたりの腕前は互角であると思われるが、周囲はセシリアの方を特に褒めがちである。レース編みや、詩の朗読にしても然りだ。

それはひとえに、王家と公爵家の力の差であり、決してふたりのせいではなく、致し方ないことであった。

セシリアは空いていた前列の中央の椅子に腰を下ろし、他の令嬢たちも座り直す。

イザベルが弾き始めた曲目は、『負けず嫌いな娘のロンド』。軽やかでユーモラスな雰囲気の曲である。

イザベルがこの曲を弾くのを初めて聴いたセシリアは、感心して首を縦に振っている。

（新しい曲を練習していたのね。イザベルは努力家だわ。私も頑張ろうという気持ちにさせてくれる、大切な親友よ……）

客席の令嬢たちは気持ちよく演奏に聴き入っている。

セシリアも笑みを浮かべて聴いていたのだが、ふと疑問に思ってイザベルの足元に注目した。

(今日はペダルをあまり使わないのね。どうしてかしら……？)

グランドピアノの足元には、ペダルが三ついている。音を切ったり、伸び方を調整するためのもので、上手に弾きこなすには欠かせない機能だ。

それをまったく使っていないわけではないが、いつもに比べるとかなり少ない。

(足がどうかしたのかしら？　いえ、違うわね。足というより、体幹を揺らさないようにしている気がするわ……)

椅子に座っているというのに、イザベルの足は絨毯をしっかりと踏みしめて、体を支える方を重視しているように見える。

そのせいで彼女の演奏は、完璧な仕上がりとは言えないものになってしまっていた。

どこか体の調子が悪いのかと、セシリアは心配する。

けれどもイザベルの肌艶はよく、応接室まで会話しながら歩いた時も元気そうであったことを思い出し、その考えを否定した。

(病気や怪我がなく、イザベルが元気なら、なにも問題ないわ……)

演奏が終わると、客席がワッと沸いた。皆が立ち上がって拍手をし、彼女を褒め称える。

「イザベルさん、素敵な曲ですわね。わたくし、とても楽しい気持ちになれました」

「この前、我が家に招いたプロのピアニストよりお上手よ。イザベルさんの演奏はいつ聴いても素晴らしいですわ！」

ゆっくりと慎重に椅子から立ち上がったイザベルは、賞賛の言葉を気持ちよさそうに聞いている。

拍手と賛辞がやむと、彼女はセシリアに顔を向けて言った。

「次はセシリアの番よ。あなたの演奏、楽しみにしているわ」

微笑みを返したセシリアは、楽譜を胸に抱いてピアノに歩み寄る。

ピアノの椅子に腰を下ろしたら……なぜか椅子の脚がギシギシと音を立てた。

ピカピカな黒塗りの椅子は新しそうに見えるのに、軋《きし》むのはどういうわけだろう。

体を揺すれば、やや不安定な感じもして、首を傾げたセシリアは、鍵盤に手をのせるのをためらっていた。

しかし客席のイザベルが、早く演奏を始めなさいというように拍手して、他の令嬢たちもそれにならう。

（そうよね、弾かなくちゃ。ピアノに触れるのは一週間ぶりくらいだわ。うまく弾けるかしら……）

急かされて、意識を椅子から楽譜へと移したセシリアは、小鴨のワルツを弾き始める。

この曲は三楽章からなり、演奏時間は十二分ほどだ。

第一楽章はなにも問題なく、セシリアは流れるように鍵盤に指を走らせていた。

演奏を聴いている令嬢たちの中には、三拍子のリズムにのって首を振っている人がいる。

目を閉じて水面に遊ぶ小鴨を想像しているのか、口元を綻ばせている人もいた。

弾いているうちに、失敗しないだろうかという不安は解消され、セシリア自身も楽しんでいたのだが……。

右端近くの白鍵を叩いたセシリアは、「え？」と戸惑いの声を漏らした。

第二楽章に入ると、高いソ音が楽譜に初めて登場する。

その鍵盤を正しく弾いたのに、耳に聞こえた音はソのフラットであった。

（この音だけ調律が狂っているわ。この後、何箇所も出てくる音なのに、どうしたらいいの……？）

セシリアがソの鍵盤を弾くたびに、クスクスと笑い声が漏れる。

「今、間違えたわよね？　ほら、また……」

「いつもお上手でいらっしゃるのに、今日はどうなさったのかしら?」

客席のヒソヒソとした会話は、セシリアの耳にも届いていた。

どうやら他の令嬢たちは、調律が狂っているとは気づかず、セシリアが間違えたと思っているようだ。

それはきっと、セシリアの前に弾いたイザベルが、問題なく演奏を終えたからであろう。

イザベルの楽譜には、高いソ音は出てこなかったからであるのだが、そこまで察する者はいないようであった。

忍び笑いが漏れるたびに、セシリアは恥ずかしさが募る。

(演奏を中止した方がいいのかしら……?)

迷いの中で第三楽章に突入するとテンポが上がり、指も、ペダルを踏む足の動きも速まった。

三つのペダルを忙しなく踏み替えていれば、椅子に座っていても体の重心は前後左右に動くものである。

椅子が軋むのも気になっていた、その時……バキッと木が折れたような音がして、セシリアは「キャア!」と悲鳴をあげた。

椅子の脚の一本が、中ほどから折れてしまったのだ。

なすすべなく床に転がり落ちたセシリアに、客席がドッと沸いた。

「わ、笑ってては失礼よ」

「でも、椅子の脚が折れるなんて前代未聞ですから、おかしくて……」

「セシリア様、お怪我はございませ……ウフフフ！」

自力でゆっくりと上半身を起こしたセシリアは、真っ赤な顔をしている。

（もしかして私の体重に耐えかねて、椅子が壊れたのかしら？　太っていないつもりでいたけど、そういえば、昨年作ったこのドレスの胸元が窮屈だわ。甘いお菓子は我慢した方がいいわね。ああ、恥ずかしい……）

恥じ入るセシリアに「大丈夫？」と声をかけ、腕を引っ張って立たせてくれたのは、イザベルであった。

ありがとうと言いかけて、セシリアは顔をしかめた。

それは、右足首に痛みを感じたからである。

どうやら転んだ拍子に、くじいてしまったようだ。

痛そうなセシリアに気づいていないのか、イザベルがニコリと口角を上げて言った。

「心配しないで。遅刻をしても、音を間違えても、椅子を壊しても、誰も怒っていないわ。みんな、セシリアが大好きなのよ。あなたはそれに感謝して、落ち込んだりせずに、明るい顔をしていてちょうだいね。皆さんを心配させてはいけないわ」

「え、ええ……そうよね」

純真なセシリアは、親友の注意に素直に頷き、痛みを隠して笑顔を作る。

今日は失敗続きで恥ずかしさは消えないが、イザベルの言う通り暗い顔をしていては、他の令嬢方に失礼であろう。

ミスをしてしまった分、余計に場の雰囲気を明るく楽しいものにしなければならないと、セシリアは清く正しく考えた。

ここへ来るまでは、悪事のターゲットを選ぶつもりで意気込んでいたというのに、申し訳なさと恥ずかしさで心がいっぱいになり、すっかり頭から消えていた。

別室に移動した参加者たちは、お喋りをしながらのティータイムを楽しむ。

サロンパーティーの一番の目的は、これである。

ピアノ、刺繍、レース編み、テーマはなんでもいいので、若い令嬢たちは友人との気ままな語らいを楽しみたいのであった。

バラの咲く中庭の見える室内には、六人掛けの丸テーブルが四つあり、サンドイッチなどの軽食と、甘いお菓子やカットフルーツが、ティースタンドに品よく並べられていた。

給仕をしてくれるのは、この屋敷のメイドたち。

紅茶を飲みながらのワイワイと賑やかなお喋りは二時間半も続き、予定時刻を三十分ほどオーバーして終了となった。

帰るために席を立つ令嬢たちを見て、セシリアはホッと胸を撫《な》で下ろす思いでいる。

楽しい雰囲気を壊すまいと、失敗続きの恥ずかしさは心の隅に追いやり、右足首のズキズキとした痛みも隠して明るく振る舞っていた。

だが、そろそろ笑顔をキープするのが難しくなっていたのだ。

(歩けば、足を引きずってしまいそうね……)

皆が出ていってから、最後に立ち上がろうと思ったセシリアは、そのまま席に座っていた。

すると、あまり話ができなかった令嬢たち十人が寄ってきて、セシリアを取り囲むようにして声をかけてくる。

別れの挨拶だけならいいのだが、新たな話題を持ち出す人がいて、セシリアは困ってしまった。

「セシリア様、風の噂で聞きましたわ。ご婚約なさるのですって？　お相手はどなたですの？」

「それは……ごめんなさい。今はまだ、お教えすることができないのよ」

「そうですわよね。わたくしったら詮索するような真似をしてしまいました。お気を悪くなさらないでくださいませ。お祝いしたい気持ちが先に出てしまっただけですの」

「ええ、わかっています。あなたの優しさが嬉しいわ」

婚約について噂されていることは、セシリアにとって想定内のことであった。

婚姻により貴族の力関係が変わることもあるので、そういう情報はいち早く広まるものなのだ。

おそらくは相手がカナール王国のサルセル王太子だということも知られているとは思うけれど、正式な発表を待たずして口に出すべきではないとわかっているから、話しかけてきた令嬢は相手を知らないふりをしたのだろう。

誰かがセシリアの結婚について話題に上げるのを待っていたかのように、他の令嬢たちも一斉に話し出す。

「わたくしも聞きましたわ！　セシリア様を妻として迎える男性が羨ましいと、兄がこぼしておりましたのよ」

「おめでとうございます、と言うのは早いですわよね。でも、とっても嬉しいです！」

「この中で結婚に一番乗りはセシリア様ですね。さすがでございます。何事においてもわたくしたちの先に立っておられて、憧れの存在ですわ」

婚約解消を狙っているセシリアなので、お祝いされても胸が痛むばかりである。

くじいた足首も痛むから早く帰りたいけれど、椅子から立ち上がれば顔をしかめてしまいそうだ。

先に出ていってほしいという思いから、「あの、皆さん、そろそろ――」とセシリアが帰宅を促そうとしたら、大きく手を二度叩く音がドア口から聞こえた。

皆が振り向けば、他の令嬢たちを玄関で見送り戻ってきたイザベルが、笑顔でこちらに近づいてくる。

口元は確かに微笑んでいるけれど、目だけは不機嫌そうな色を湛《たた》えていた。

「皆さん、お迎えの方々が待ちくたびれておりますわよ。あまり長居されますと、我が家の玄関前が、馬車馬の贈り物でいっぱいになってしまいますわ」

馬車馬の贈り物とは、馬糞のことである。

それをユニークな冗談と受け取った令嬢たちはオホホと笑い、「帰りましょうか」と話を終わらせた。

ホッとするセシリアに、イザベルがニコリとして言う。

「あなたはまだ座っていて。王城の馬車は、まだ到着していないようだから」

「ええ、そうするわ。イザベル……ありがとう！」

セシリアの胸には、温かな思いが込み上げていた。

きっとイザベルは、結婚の話をされて困っていたセシリアを助けてくれたのだ。

もしかすると足を痛めていることも察して、皆に怪しまれずに最後に退出できるよう、うまく言い訳をしてくれたのかもしれない。

王城の優秀な御者が、迎えの時間に遅れることなど、これまでに一度もなかったからである。

（イザベルは賢くて優しい人だわ。彼女を親友に持つことができて、私は幸運ね……）

令嬢たちを玄関まで送っていったイザベルは、数分してセシリアのもとに戻ってきた。

ドアを閉めてふたりきりになった途端に、イザベルはなぜかスッと笑みを消した。

キョトンとして目を瞬かせているセシリアにゆっくりと歩み寄り、真横で足を止める。そして無言でじっと見下ろしてくるから、セシリアはたじろいだ。

「ど、どうしたの……？」

その問いかけには答えずに、イザベルは腕組みをして不愉快そうに口を開く。

「婚約したんですって？　カナール王国のサルセル王太子と。先月、お父様から聞いたわ」

そう言われてセシリアは、イザベルが不満顔をしている理由を察した。

親友なのに、なぜ教えてくれなかったのかと、怒っているのだろう。

「内緒にしていてごめんなさい！　これには事情があって——」

心から望んだ結婚ならば、公式発表前でもこっそりと親友に打ち明けたであろう。

けれども破談にするべく努力している最中なので、誰にも話さなかったのだ。

そのような弁解を慌てて話したセシリアであったが、イザベルは横髪を指先で払うと、「違うわよ」と冷たい声で否定した。

「そんなことを怒っているわけじゃないわ。セシリアに、結婚でも先を越されることが許せないのよ」

許せないと言われても、セシリアは目を瞬かせるばかりである。

自分たちは親友で、お互いを思いやる間柄だと信じて疑わないから、イザベルの言いたいことが伝わらないのだ。

「え？」と首を傾げたセシリアを、フンと鼻で笑ったイザベルは、意地の悪さを隠すことなく露わにした。

「いい機会だから教えてあげるわ。わたくし、ずっと前からあなたのことを目障りだと思っていたのよ」

これには目を丸くして驚くセシリアに、イザベルはニタリと嫌な笑い方をする。

そして種明かしをするように、これまで抱いてきた不満を口にした。

幼い頃はイザベルもセシリアが大好きで、一緒に遊べることを純粋に喜んでいたそうだ。

しかし、勉強やお稽古事に励まねばならない年齢になれば、事情は変わる。

なにかにつけて周囲から比較され、イザベルは随分と嫌な思いをしてきたという。

美しく清らかで、何事においても優秀なセシリアには、どんなに努力しても敵わない。

いや、必死の頑張りで同じレベルに達しても、両親を含めた周りの大人たちは、セシリアを一番だと評価して、見習いなさいとイザベルを諭すのだ。

自分の性格が歪《ゆが》んでしまったのは、セシリアのせいだと、イザベルは憎しみさえ覚えていた。

驚いて言葉の出ないセシリアを、彼女は「滑稽《こっけい》ね」と嘲笑い、続きを話す。

「わたくしたちは親友でよきライバルですって？　冗談じゃないわよ、勝手に決めつけないで。あなたなんか失敗すればいいのにって、いつも思っていたわ。だから今日は――」

サロンパーティーの開始時刻を勘違いして、遅刻したと思っていたが、それはイザベルの企みであったそうだ。セシリアへ送った招待状にのみ、三十分遅らせた時刻を記入していたのだと、彼女は楽しそうに打ち明ける。

ピアノの調律を狂わせたのもわざとであり、椅子の脚が折れたのも彼女の仕業であった。使用人に命じて、のこぎりで切断した脚を糊《のり》でくっつけ、塗装し直したのだと暴露する。

その椅子にイザベルは気をつけて腰かけていたが、知らずに座ったセシリアは、まんまと罠にはまって転がり落ちてしまったというわけだ。

今まで溜め込んでいた気持ちを出し切ったせいか、イザベルはスッキリとした笑顔を見せる。

セシリアがショックを受けているのだと思い込んでいる彼女は、クスクスとおかしそうに笑っていた。

しかしながら、イザベルの期待通りにはいかないようである。

セシリアが目を丸くしている理由は、イザベルの悪女っぷりがとても上手で、感心しているためであった。

足の痛みを忘れるほどに興奮したセシリアは、立ち上がると、イザベルの両手をしっかりと握りしめる。

「イザベル、すごいわ！　それこそ、わたくしが追い求めていた悪役令嬢よ。お手本を見せてくれたのね。ありがとう！」

「は……？」

イザベルが自ら化けの皮を剥いだというのに、セシリアはまだ自分たちは親友だと信じて疑わない。

それはセシリアがお人好しで純真な心をしているためと、楽しく交流してきた過去の思い出を壊したくないという、防御的な反応からくるものだろう。

握りしめたイザベルの両手をブンブンと上下に振ったセシリアは、勘違いし続ける。

「ねぇ、わたくしが悪い娘になろうとしていたことを、どうして知ったの？　親友なら言わなくても伝わるものなのかしら？」

「セシリア、なにを言っているの？　そんなの――」

「そんなの当たり前だと言ってくれるのね！　イザベル、嬉しいわ。大好きよ！」

喜びが突き抜けたセシリアは、イザベルの睨むような表情さえも、自分を叱咤激励しているのだと肯定的に捉える。

親友から無言のエールを送られていると思い違いをして、大きく頷くと決意を述べた。

「お手本を見せてくれたイザベルに応えないといけないわね。帰ったらしっかりと悪巧みをして、あなたにお返しするわ。今度はうまく悪役令嬢になれる気がするの。仕返しされるのを楽しみに待っていてね」

おそらくイザベルには、セシリアの言葉が知らない外国語のように聞こえたことだろう。

まったく意味がわからないと言いたげに、イザベルが首を傾げたら、ドアが二度ノックされて開けられた。

ドア口に立っているのはドラノワ家の執事で、「お迎えの方が心配しておられますが……」と困り顔で述べた。

他の令嬢たちが全員帰っていったのに、セシリアだけがなかなか出てこないので、なにかあったのかと不安にさせてしまったようだ。

迎えに来てくれた御者に申し訳ないと思ったセシリアであったが、「どうぞ」と執事に言われて中に通された男性を見て、目を丸くした。

黒い騎士服姿が凛々しい、クロードであったからだ。

近づいてきて、セシリアの二歩手前で足を止めたクロードは、騎士らしく右拳を左胸に当てて敬礼の姿勢を取ってから、優しげに微笑んだ。

「お話が尽きないのかと思いますが、夜も更けて参りました。そろそろ帰城しましょう」

「はい。あの……クロードさんは、遠征なさっていたはずでは？」

「二時間ほど前に王都に帰り着きました。セシリア様に帰還のご挨拶も兼ねて、お迎えに上がった次第です」

戦いと長旅の疲れがあると思われるのに、こうして迎えに来てくれたことが嬉しくて、セシリアの胸は熱くなる。

頬を染める彼女に、クロードが右手を差し出した。

その手を取ろうとして、セシリアが足を前に進めたら、右足首に痛みが走り、小さく呻いてしまう。

「お怪我をされたのですか⁉」と驚き心配する彼に、セシリアは首を横に振った。

「怪我というほどのものではありません。ちょっと、くじいただけなんです。手を貸していただけましたら、歩けます」

痛みをこらえて微笑み、平気そうに装ったのだが、「いけません」と言ったクロードに抱き上げられて、セシリアは「キャッ」と声をあげた。

背中と膝裏に回された逞しい腕と、騎士団長の階級章が輝く広い胸。麗しい瞳と三日月形の額の傷が、わずか拳三つ分の距離にある。

鼓動を大きく跳ねらせ、耳まで熱くなった王女に、クロードはフッと口元を綻ばせた。

「失礼をお許しください。無理をして歩けば、悪化してしまいます」

「失礼だなんて、そんな……。あの、重くないですか？」

愛しい彼に抱き上げられ嬉しく思う一方で、体重を気にしてしまう。

ピアノの椅子の脚が折れたのはイザベルのせいであったけれど、ドレスの胸元がきつくなったのは事実である。

乙女心から心配して問いかければ、ドアに向けてゆっくりと歩き出したクロードが、セシリアを横目で見た。

その流し目に色気を感じて、さらに鼓動を高鳴らせれば、彼はクスリと笑う。

「抱き心地のよい重みです。このままセシリア様を抱いて、どこかへ連れ去ってしまいたい」

「ええっ⁉」

「冗談ですよ。御者を待たせていますので、馬車に乗って帰りましょう。私の首に腕を回して掴まってください」

（冗談なのね。ちょっと残念な気がするわ……）

鼓動が壊れそうな速度で鳴り立てる中、セシリアがためらいがちにそっと腕を回しかければ、彼の肩越しにイザベルと視線が交わった。

「あ……。イザベル、今日はどうもありがとう。楽しかったわ。また会いましょう」

別れの挨拶をしてもイザベルは返事をしてくれず、腕組みをして睨むような視線を返してくるのみである。

しかしセシリアは、彼女の不機嫌さに気づかない。それは、自分たちは親友であると信じているからというよりは、ときめきの真っ最中であるためであった。

燭台《しょくだい》の明かりに照らされる廊下に出て、少し歩調を速めたクロードに、セシリアは愛しさを込めてキュッとしがみつく。

大胆なことをしていると自覚して、恥ずかしさが込み上げたが、「大丈夫。決して落としません」とクロードが勘違いしてくれた。

それならばと、もう少し腕に力を込めて、彼に体を密着させてみる。

（ああ、夢のようだわ。怪我をしてよかった……）

そう思った直後に、『あら？』と心の中で疑問を呟いた。

（もしかして、心臓が壊れそうなほどにドキドキさせられているのも、イザベルの企みかしら？　クロードさんが迎えに来ることまで計算していたなんてすごいわね。とても上手な悪役ぶりだけど、やっぱりイザベルは優しいわ……）

執事が開けてくれた玄関ドアから外へ出ると、クロードの額の傷のような三日月が、紺碧《こんぺき》の空に浮かんでいた。

晩夏の夜風は涼やかで心地よい。

愛しい彼の腕に抱かれることができて、親友に深く感謝するセシリアであった。


それから十日ほどが経ち、くじいた足の痛みが引いた頃。

セシリアは双子の侍女を伴って、王都一の歌劇場にやってきた。

その目的はオペラ鑑賞……ではなく、イザベルにお返しをするためである。

先日のサロンパーティーでは、イザベルは上手な悪役令嬢ぶりを披露してくれた。

それを、自分のためにしてくれたことだと信じて疑わないセシリアは、あの時、次のように宣言していた。

『お手本を見せてくれたイザベルに応えないといけないわね。帰ったらしっかりと悪巧みをして、あなたにお返しするわ。今度はうまく悪役令嬢になれる気がするの。仕返しされるのを楽しみに待っていてね』

サロンパーティーから帰城したセシリアが、悪役令嬢計画の次のターゲットをイザベルに決めたことを話すと、双子の侍女たちも賛成してくれた。

『イザベル嬢への仕返し、とってもいいと思います。今までセシリア様をいじめてきた恨み、きっちり晴らしましょう！』

鼻息荒く張り切ったのはツルリーで、それに対してカメリーが淡々と指摘を入れた。

『目的が違うわ。あくまでもターゲットがイザベル嬢であるというだけよ。私怨を持ち込めば冷静に計画を遂行できない。子供の喧嘩じゃないのよ。感情的になっては駄目』

『誰が子供なのよ！　私はカメリーより二十分早く生まれたお姉さんよ！』

ツルリーとカメリーが、いつもの如く口論になっても、セシリアは止めようとしなかった。なぜなら、腑抜けていたからだ。

長椅子に寝そべってクッションを抱きしめ、ウフフと笑いながら、独り言を呟いていたのである。

『クロードさんの腕が、胸が、お顔が……。お姫様抱っこされちゃった……』

『セシリア様、いつまでのぼせてるんですか。仕返しの方法をまだ少しも決めていませんよ。……駄目だわ。目がハートになったまま戻らない。カメリーどうしよう？』

『ツルリー、サルセル王太子の肖像画を外して持ってきて。夢の世界から現実に引き戻さないと、金貨がもらえな……いえ、婚約を解消できないわ』

そのように、クロードの大人の色気にやられて戦闘不能になってしまったセシリアを、侍女たちがなんとか立ち直らせて、数日かけて綿密な悪事の計画を練ってきた。

それを実行する場所がこの歌劇場で、十五時から開演のオペラの最中に、イザベルに辱《はずかし》めを受けてもらうという算段である。

庭師や靴屋の時のように心が痛まないのは、先にイザベルが悪事を働いてくれて、そのことに対するお返しだと思えるからだろう。そこまで考えてくれていたのではないかと、セシリアはイザベルに感謝するのであった。

歌劇場の入口は、神殿のような太い石柱が建ち並んで、荘厳さと伝統を感じさせる。

その正面玄関前に王家の馬車を横づけすれば、待ち構えていた劇場関係者が一般客に道を開けさせ、赤絨毯が素早く敷かれた。

御者が馬車の扉を開けたら、まずはカメリーが降り、彼女の手に掴まってセシリアが赤絨毯に足を下ろす。

最後にピョンと元気に飛び降りたのは、ツルリーだ。

「王女殿下、ようこそお越しくださいました」と恭しい声をかけるのは、黒い燕尾《えんび》服姿の初老の紳士。

男爵の地位を持つ彼は、この歌劇場の支配人で、セシリアとは顔馴染《なじ》みである。

「ご機嫌よう。本日はエストラード歌劇団のオペラを楽しませてもらいますわ。よろしくお願いします」

簡単な挨拶を済ませ、支配人の先導のもと、ロビー横の扉から細い通路に入ったセシリアは、階段で二階へ上がる。

豪奢な手すりの階段にも、赤絨毯が敷かれた通路にも、セシリアたちの他に人はいない。

ここは王族のためだけに設けられた特別通路で、二階のロイヤルボックス席に直接繋がっていた。

舞台を左側から見下ろすバルコニーのようなこの席は、王族とその同伴者しか立ち入れない聖域である。

「開演までしばしお待ちください」と言って一礼した支配人が引き返していくと、セシリアは椅子に座るのではなく、革張りの豪華なドアの鍵を開けた。

そのドアの先は二階のロビーで、そこで待っているであろうイザベルを、迎えに行こうとしたのだ。

ドアを開ければ、劇場の警備員がひとり控えていて、セシリアに頭を下げる。

ロビーには、身なりのよい客が二十人ほど、椅子に座って開演時間になるのを待っていた。

歌劇場の客席は四階まである。三階席まではドレスコードがあり、四階の天井桟敷《さじき》は服装に取り決めはなく、料金も安い。ただし、四階の安席の客は正面玄関から入れてもらえず、裏口から通されるのが決まりであった。

二階にはロイヤルボックス席があるため、この階の座席を買えるのは、身元の確かな上客のみである。

ロビーにいる客は皆、一際立派な身なりをしているが、セシリアには敵わない。

今日のセシリアは、淡い紫色のドレスを着ている。上品かつ華やかなドレスはセシリアの美しさをさらに引き立て、襟元のネックレスや髪飾りは宝石がちりばめられて豪華である。

王女の登場に皆が慌てて立ち上がって頭を下げる中、ひとりだけ座ったままで偉そうに足を組み、ツンと澄まし顔をしている女性がいた。

真紅のドレスを纏った、イザベルである。

「イザベル！」と弾んだ声をかけ、セシリアは歩み寄った。

「招待を受けてくれてありがとう。実は来てくれないんじゃないかと、少しだけ心配していたの」

セシリアは二日前、一緒にオペラ鑑賞しましょうという内容の招待状を、イザベルに送っていた。

そこに、仕返しを企んでいる旨を正直に書いたのは、セシリアのために悪役令嬢のお手本を見せてくれた親友だからこそだ。

セシリアの気持ちをよくわかってくれるイザベルなら、逃げずに仕返しを受けてくれるはずだと信じていたわけだが、正直言うと少しだけ欠席の可能性も考えていた。

誰だって罠にはめられると知っていれば、怖気づくものだから。

それでもこうして嫌がらずに来てくれた優しい親友に、セシリアは心からのお礼を述べた。

するとイザベルは不機嫌そうな顔で立ち上がると、フンと鼻を鳴らした。

「わたくしは前々から、エストラード歌劇団のファンですもの。この招待を断る理由はないわ。あなたの仕返しなんて怖くない」

「うんと悪巧みしているのよ？　少しも怖くないの？」

「ええ、まったく。侍女をふたりも連れてきたのは、協力させるためなのかしら？　残念だけどすでに作戦は失敗よ。嫌がらせは、相手を警戒させないように秘密裏にやるもの。これからやりますと宣言するなんて愚かだわ」

嫌味な言い方で、愚か者扱いまでされたというのに、セシリアの笑みは崩れない。

嬉しそうにクスクスと笑うと、イザベルの右手を握り、親しみを込めた声で問いかける。

「今日も悪役令嬢なの？　お手本はもう充分なのに。それにしてもイザベルは、演技が上手ね。感心するわ。でも……歌はうまく歌えるのかしら？」

「歌……？」

イザベルが眉をひそめて問い返したその時、「間もなく開演でございます」という劇場関係者の声が聞こえた。

ロビーにいた客がホール内にゾロゾロと移動を始め、セシリアもイザベルの手を引いて、ロイヤルボックスに戻った。

横並びにされたビロード張りの椅子に、左からツルリー、セシリア、イザベル、カメリーの順に腰を下ろす。

「さっきの話、どういうこと？　無理強いされたって歌わないわよ」

イザベルは、横目でセシリアを睨んでいる。

そう聞くということは、セシリアの企みに少しは関心を持ったようである。

けれどもセシリアは、それ以上教えない。

「ほら、幕が開くわ」と斜め下にある舞台を指差し、ウフフと笑っただけであった。


座席数が千六百ほどのホールは、八割ほどの客入りである。

照明が落とされると、ザワザワとした話し声がピタリとやみ、幕が上がった舞台には、主役の男性役者が登場した。

容姿端麗で長身、がっしりと逞しい体格をしている彼は、エストラード歌劇団の花形役者の、トワル・ドゥ・フォン、二十五歳だ。

客席に若い娘の姿が多く見えるのは、ひとえにトワルの女性人気によるものであろう。

今日の舞台の演目は、『ポーブル大尉』。

トワル演じるポーブル大尉は、黒い軍服を纏っている。

腰のサーベルを抜き、先陣を切って勇ましく敵兵と戦い出したかと思ったら、スポットライトが彼だけに当てられて、突然、妻への愛の歌を歌い始めた。

舞台下には二十五人編成のオーケストラがいて、その演奏にトワルのテノールの美声が重なる。

誰もがうっとりと聞き入っており、先ほどまで不愉快そうにしていたイザベルも、今は頬を染めて舞台に釘づけになっていた。

ため息交じりに「トワル……」と呟いたイザベルの声は、熱っぽい。

その反応に、セシリアはクスリと笑う。

（イザベルはトワルさんの大ファンなのよね。こうして見ているだけでうっとりしちゃうのに、もし耳元で歌われたら、どうなるのかしら……？）

セシリアは侍女たちと、こんな作戦を企てていた。

百年ほど前から演じられてきた、この由緒正しきオペラを作り変え、イザベルを役者として、途中から出演させてしまおうというものだ。

四日前に劇団長と主役のトワルを城に呼びつけたセシリアは、その旨を話し、ストーリーの変更を要求した。

『イザベルは前々から一度、舞台に立ってみたいと話していましたの。親友へのサプライズプレゼントですわ』と、嘘の理由づけもした。

けれども劇団長に拒まれてしまった。

『練習もなしに素人を舞台に上げるなどと、無謀でございます』

『イザベルは即興で芝居ができるわ。歌もきっと上手よ』

『いや、しかしですね、パーティーの余興ではなく、大勢の観客がいる劇場では――』

快く引き受けてもらえるとは、最初から思っていなかったので、セシリアは慌てない。

どうすれば説得できるかも練習済みであり、スッと笑みを消した彼女は、威圧するように相手を睨みつけ、偉そうな態度で厳しく言い放ったのだ。

『このわたくしのお願いを、聞けないとでもいうの？　できないじゃなく、どうすればできるのかを考えなさい！』

王女の権力を振りかざすセシリアは、とても悪役令嬢らしく、そばで見守っていた双子の侍女は、主君の成長ぶりに思わず瞳を潤ませたのであった。

セシリアは、舞台上のトワルに夢中なイザベルを見て、ほくそ笑む。

（警戒心が緩んでいるようね。クライマックスに入るまでは普通にオペラを楽しめばいいわ。でもその後は……）

突然、オペラに出演させられて、即興で歌う展開になれば、イザベルは慌てふためくことだろう。

頑張って歌ったとしても、役者のようにうまくはいかず、恥をかくに違いない。

（ピアノの椅子の脚が折れて転んでしまった時、みんなに笑われて、とても恥ずかしかったわ。だから、これでおあいこよ）

休憩なしでオペラは二時間ほど続き、最終章に突入していた。

この『ポーブル大尉』という歌劇は、不貞と純愛の物語である。

大尉には、新婚の妻がいる。愛しい妻の待つ家に帰ることを心の支えにして、遠征に出ていた彼であったが、三カ月後に自宅に戻ってみれば、なんと、妻が浮気の真っ最中であった。

激昂《げっこう》したポーブル大尉は間男を斬り捨てようとするけれど、妻が体を張って止めに入る。やけになった妻が白状するには、彼女が昔から愛しているのは、夫ではなく幼馴染である間男の方だということであった。

貧しい実家に金銭援助をするために、泣く泣く好きでもない男の妻になったのだと聞かされたポーブル大尉は、相当な衝撃を受ける。

悩み苦しむ彼だが、そんな中でも戦場に赴かねばならず、また数カ月、妻と離れることになった。

生死をかけた戦いを繰り広げつつも、彼の頭にあるのは愛しい妻の顔。

愛しているのなら、妻の望む未来を与えてあげるべきだという結論に達した彼は、戦場から妻に宛てて手紙をしたためた。

そこには全財産を妻に譲るという旨と、幼馴染と再婚しなさいという言葉が綴《つづ》られていた。

最後は戦場で、妻の幸せを願いながら、命を散らすという悲しい物語だ。

舞台は、クライマックスに突入していた。

トワル演じるポーブル大尉が敵兵に斬られて倒れ、命を落としたかのように見えたが……。

突然、「私はまだ死ねない！」と叫んだ彼が立ち上がり、愛の歌を歌い出したから、観客席がざわついた。

有名な演目なので、観客のほとんどは正しいストーリーを知っている。

一体なにが起きたのかと皆はどよめき、イザベルも「え!?」と驚きの声をあげていた。

どうやら台本は、セシリアが頼んだ通りに修正されているようだ。

それにニンマリとした彼女は、「さあ、出番よ！」とイザベルの手を取って椅子から立ち上がらせた。

「出番って、どういうこと⁉」

戸惑いに眉をひそめたイザベルがセシリアの肩を掴んだ、その時……スポットライトがロイヤルボックスを照らした。

それと同時に、トワルが右手を差し出すようにイザベルに向け、よく通るテノールの声で呼びかける。

「そこにいらしたのですか、我が愛しのイザベル嬢。死を受け入れようとした時に浮かんだのは、妻ではなく、あなたの顔でした。真実の愛はそこにあったのです。今すぐ、あなたを迎えに参ります！」

「えっ、えっ⁉　ちょっとセシリア、どうすればいいの？」

驚きうろたえるイザベルが逃げ出さないよう、ロビーと王族専用通路へと繋がる二箇所の扉の前には、侍女ふたりが立ち塞がっている。

「そこを通しなさいよ！」とイザベルが侍女たちに言った時には、トワルは舞台から姿を消していた。

きっと彼は、バックヤードの関係者通路を走って、階段を目指していることだろう。

その間、舞台では、ポーブル大尉と戦っていた敵兵十人が、オーケストラに合わせて歌っていた。

その歌詞は、ポーブル大尉とイザベル嬢がどこでどのようにして知り合ったのかという、説明文になっている。

とある宴席で、ポーブル大尉にひと目惚れしたイザベル嬢は、過去に一度、彼に恋文を送ったことがあった。

しかし大尉は今の妻と婚約中であったため、彼女の想いには応えられなかった。

それでもイザベル嬢は純粋に大尉を愛し続け、彼が戦地に赴く前には、必ず無事を祈る手紙を送っていたのだという。

そんなイザベル嬢の優しさに、ポーブル大尉は密かに心を揺らしていた……というストーリーが後づけされていた。

(観客が疑問のままで終わらないように、歌で説明したのね。わずか数日での曲作りと練習は、きっと大変だったことでしょう。歌劇団の皆さんの協力に、感謝しなければならないわね……)

観客たちの騒めきは今は収まり、誰も知らない新しい展開に、皆がワクワクした目を向けていた。

注目の中で焦るイザベルが、「こんなの困るわ！」とセシリアに詰め寄った時、ロビーに繋がるドアが外側から開けられた。

邪魔にならないよう、ツルリーがサッと避けると、現れたのはトワルである。

「イザベル嬢！　ああ、お会いしたかった」

憧れの役者が目の前にいて、自分に呼びかけている。

それだけでイザベルの頬は瞬時に熱くなるが、近づいてきたトワルに肩を抱かれ、観客席からよく見えるようにと手すりの際まで連れていかれては、羞恥心から耳まで真っ赤になってしまった。

トワルはよく響く艶めいた声で、イザベルへの愛を、観客席に向けて語る。

「戦場へ赴く私を、心から心配してくれていたのは、妻ではなくあなただった。死を目前にするまで、それに気づかぬとは、私は愚かな男です。だが、手遅れではないはずだ。これからはあなたと人生を歩みたい。イザベル嬢、どうか私の妻になってください！」

固まったように動けないイザベルに、後ろから身を屈めて近づいたセシリアが、こっそりと声をかける。

「イザベル、『はい』と返事をして。あなたが承諾しないと、オペラが止まってしまうわ」

セシリアに促されてハッとしたイザベルが、「は、はい！」と裏返りそうな声で返事をした。

それを合図に、オーケストラがロマンチックな曲を奏で始め、トワルはイザベルの耳に口を寄せて囁くように指示をする。

「ワンフレーズずつ、僕が歌いますので、その後に同じように繰り返してください」

「えっ⁉　わたくし、歌は――」

「王女殿下より、あなたが歌もお得意だと伺っております。それを考慮して書き換えた台本です。歌っていただけないと、このオペラは失敗に終わります」

早口でそう言ったトワルは、観客席に向き直ると、美声を響かせる。

「私の胸を焦がすのは～、麗しの君の白きうなじ～」

トワルが催促するようにイザベルを見つめたら、彼女は必死の表情で歌い出した。

開演前は、『無理強いされたって歌わないわよ』と強気に宣言していたイザベルであったが、オペラが失敗に終わると脅されては、逃げるわけにいかないと思ったようだ。

緊張と戸惑い、羞恥に焦りなど、負の感情がいっぺんに押し寄せているイザベルを見て、セシリアは真後ろでニンマリとしている。

(イザベルがとても困っているわ。今回は上手に悪事を働けたんじゃないかしら? これで、悪役令嬢になれたと思っていいわよね……)

親友を罠にはめて困らせるだけなら、確かに悪い娘だと言えよう。

けれども、セシリアの思惑通りにはいかないようだ。

歌っているうちに、イザベルの表情が和らいできた。緊張や焦りが徐々に引いて、今はうっとりと夢見心地の様子である。

自分の肩を抱き、愛しげに見つめて、朗々と愛を歌い上げているのは、憧れてやまない花形役者のトワルだ。

イザベルが彼を目当てに歌劇場に足を運んだのは、この一年で五十回ほどもあった。

他の一般客と同じようにイザベルもただのファンであり、想いは一方通行で言葉も交わしたことがなかったのだから、この特別な状況に嬉しくならないはずがない。

恥ずかしさを克服すれば、声にも力と熱が込められ、イザベルは今、伸び伸びと歌っている。

「君のために、私は戦う～。愛こそが、全て～」

セシリアが目を丸くしている理由は、気持ちの乗ってきたイザベルの歌声が、オペラ歌手並みに非常に上手であったからだ。

最後のフレーズをイザベルが歌い上げ、オーケストラが印象的な音色でオペラを締めくくったら、割れんばかりの歓声と拍手が客席から沸いた。

観客たちが次々と立ち上がり、あちこちから「ブラボー！」と賞賛の声がイザベルにかけられている。

彼女の肩から腕を外したトワルも、ホッとした顔をして隣で拍手していた。

ハッと我に返った様子のイザベルが、再び恥ずかしさに囚われて顔を赤らめたら、スポットライトが外されて舞台に幕が下りる。

観客席に明かりが戻り、これで『ポーブル大尉』は終演となった。

それから二十分ほどが経ち、観客も役者もオーケストラも撤収してホールに静けさが戻っていた。

セシリアとイザベル、双子の侍女だけが、まだ帰らずにロイヤルボックスに残っている。

つい先ほど、劇団長がここにやってきて、トワルと共にお礼を述べていた。

『劇団長として、台本を変えることは神への冒涜《ぼうとく》のように感じておりましたが、やってみると面白いですな。同じ演目に飽き気味であった観客が、随分と喜んでおりました。お客様あっての歌劇だとお教えくださいまして、王女殿下には感謝しております』

『僕はイザベル嬢の歌声に驚きました。声楽の勉強をされたことがないと言われても、信じられません。天性の才能なのでしょうか。歌劇団にスカウトしたいほどに、お上手でした』

ふたりはセシリアに深々と頭を下げて感謝し、イザベルを笑顔で褒め称えてから出ていったところである。

今、困り顔をしているのは、イザベルではなくセシリアの方であった。

それは、幕が下りてからずっと浮かれているイザベルが、満面の笑みでセシリアの両手を握りしめているからだ。

「セシリア、今日は本当にありがとう。とても素敵なサプライズだったわ。トワルがわたくしの肩を抱いたのよ！　愛の歌をふたりで歌ったなんて、夢のようよ！」

台詞とはいえ、憧れの男性からのプロポーズの言葉は、イザベルの胸を震わせたことだろう。

歌が上手だと褒められて新たな自分の魅力に気づき、王女と比較され続けて劣等感に蝕《むしば》まれていた心に、清々しい自信が戻ってきたのではないだろうか。

今日はこれまでの人生で一番喜びに溢れた日であったと、イザベルははしゃいでいる。

それに対してセシリアは、眉尻を下げるばかり。

「あのね、わたくし、仕返ししようと思ってたのよ。イザベルに恥をかかせようと悪いことを考えていたの……」

こんなはずじゃなかったと戸惑うセシリアが正直に話しても、イザベルの喜び方は変わらない。

「あなたの仕返しは、雪のように真っ白ね。意地悪しようとしても無理よ。だってセシリアだもの。あなたは心が清らかで美しいのよ。それが行動の結果にも表れるものなんじゃないかしら」

明るく無邪気な笑い声をあげたイザベルは、両腕を広げると、親愛の情を込めてセシリアをぎゅっと抱きしめた。

「これまで、あなたをいじめてきてごめんなさい。これを機に心を改めるわ。わたくしたち、真の親友になりましょう。セシリア、大好きよ！」

「え、ええ。わたくしも、イザベルが大好きよ……」

セシリアが困惑している理由はふたつある。

ひとつは、これまでイザベルに意地悪をされてきたのだと、やっと気づいたことだ。

（ドレスを破かれたのも、後ろから突き飛ばされたのも、わざとだったの？　それなら、この前のサロンパーティーでのことも、お手本じゃなかったということかしら……）

ふたつ目は、またしても悪役令嬢計画に失敗してしまったことである。

（イザベルがこんなに嬉しがってくれて、私も気持ちがいいわ。でも喜んじゃ駄目なのよ。悪い娘になりたいのに、どうしてこうなっちゃうのかしら……）

そばで見守っている侍女たちも、セシリアと同じように浮かない顔をしている。

それに気づいていないのか、イザベルはまだ抱擁《ほうよう》を解かずに興奮していて、セシリアは困り果てていた。

「ええと……そろそろ帰らない？」とセシリアが声をかけると、やっとイザベルが離れてくれた。

彼女は、本当に仲がよかった子供の頃のように、純粋な笑みを浮かべて言う。

「セシリア、今日のお礼は必ずさせてもらうわ」

「お礼なんて、そんな――」

「あなたを喜ばせたいのよ。楽しみに待っていてね。それじゃあ、お先に失礼するわ」

髪留めやリボンをプレゼントしてくれるのだろうかと、セシリアは予想していた。

(もらったら嬉しいとは思うけれど、へこんでいる今は、喜べないわ……)

ドアを開け、ロイヤルボックスから出ていくイザベルに、侍女たちは会釈しながら、小さなため息をついている。

失敗に肩を落としているセシリアは、ぎこちない笑顔を湛えて手を振り、親友の背中を見送っていた。

純真な悪役令嬢

イザベルと歌劇場へ行ってから三日後。

日課である家庭教師の授業を終えたセシリアは、お茶の時間になるまで、自室で侍女たちと密談していた。

セシリアを真ん中にして、長椅子に三人横並びに座れば、ギュウギュウだ。

テーブルを挟んだ向かいにはひとり掛けの椅子が二脚あるというのに、わざわざ狭い思いをして顔を寄せ合い、ヒソヒソと悪巧みをしていた。

ツルリーが次のターゲットを、王城の料理人にしてはどうかと提案する。

「何百人分もの料理ですから、下ごしらえはかなり早めにするらしいですよ。調理開始まで余裕があれば、別室で休憩するようです。その間に厨房に忍び込んで、下ごしらえ済みの食材を駄目にしちゃえばいいと思います！」

せっかくの提案だが、セシリアは渋い顔をして乗り気ではない。

「食べ物を粗末にしてはいけないと、子供の頃、母方のおばあ様によく言われたわ。だから、食材を盗んで貧しい人たちに配るのはどうかしら？」

それに対して、今度はカメリーが強い拒否を示す。

「それを実行すれば、王族の皆様はともかく、私たちや使用人は確実に一食抜くことになります。三食支給は侍女勤めの報酬に含まれているのに、損をするのは絶対に嫌です」

セシリアたちは、まだ悪役令嬢計画を諦めていなかった。

歌劇場では、イザベルを喜ばせて改心させてしまったわけだが、それは医師の助手や掃除のメイドに対しての作戦と同様に、人助けにカウントされていないはずである。

報告役のクロードは、歌劇場にはいなかったからだ。

父から与えられた人助けの課題は、庭師ジャルダンと、老舗靴屋コルドニエの親子のふたつしかクリアしていないことになっていると思われる。

そのため、三人は懲りずに次のターゲットを選定しているのであった。

料理人を……という提案をカメリーに却下されたツルリーは、ムッとしている。

「まったくカメリーは、がめついわね。損得でしか動けないなんて、人として間違っていると思うわ。こんな妹で、恥ずかしいわよ」

呆れ顔でそう言ったツルリーに、眉をひそめたカメリーがすかさず言い返す。

「がめつくて結構。考えなしの浪費家よりマシだもの。お調子者のアホが姉だなんて、恥ずかしいわ」

「なんですって⁉」

双子がいつもの如く口論を始めてしまい、「喧嘩はやめて！」とセシリアが止めに入ったその時、誰かがドアをノックした。

すぐに立ち上がって対応に出たのは、カメリーである。

訪室したのは若いメイドで、ドア口で用向きをカメリーに伝えると、一礼してすぐに引き返していった。

ドアを閉めたカメリーが、なにかを懸念しているような顔をして、セシリアに言う。

「国王陛下がセシリア様をお呼びだそうです。場所は執務室になります」

「もしかして……」

セシリアは父親に呼ばれる理由を、こう推測した。

三つの人助けを命じられたのは二カ月も前のことである。その後はどうなっているのかと、状況を尋ねられるのではないだろうか。

遅いと言われ、努力が足りないと叱られるかもしれない。あるいは、なかなか三つ目の課題をクリアできない理由を、問いただそうとしているのか……。

それは侍女たちも思うことのようで、ツルリーが心配そうに言う。

「三つ目の人助けについてでしょうか？　困りましたね。聞かなかったことにしちゃいます……？」

「そんなわけにはいかないわよ。今、ターゲットを探しているところだと説明して、時間がかかって申し訳ありませんと謝るわ。それ以上、困ることを言われなければいいけれど……」

不安を隠せず、瞳を揺らしたセシリアだが、長椅子から立ち上がるとドアへ向かう。

侍女たちに見送られ、西棟の二階を目指して廊下を進み、階段に差しかかった。

秋が始まれば日は短くなり、夕暮れからは少々肌寒い。高い位置に設けられた明かり取りの窓からは、ほんのりと橙《だいだい》に色づいた光が差し込んでいる。

セシリアが着ているのは、秋らしいイチョウの葉色をしたデイドレス。

そのスカートをつまむようにして、重たい足取りで階段を下りていた。

執務室のドア前に着けば、緊張が一段階、増してしまう。

（お父様の前だと、うまく話せない時があるのよね。今日は大丈夫かしら……）

深呼吸してできるだけ心を落ち着かせてから、重厚な執務室のドアを控えめにノックした。

「入りなさい」

父の声がして、ドアを開けて一歩入室したセシリアは、「え……？」と呟く。

そこに、クロードもいたからだ。

国王は中央に置かれた執務椅子に腰かけており、クロードは執務机を挟んだ向かいに立っていた。

ふたりともセシリアを見て微笑んでいるので、三つ目の人助けはまだかと叱られる雰囲気ではない。

そのことにセシリアは戸惑う。

（それなら、なんの用事なのかしら……？）

ドア口でスカートをつまんで腰を落とし、「お父様、お呼びでしょうか？」とおずおずと尋ねれば、国王は頷き、「おいで」と穏やかな声で呼び寄せた。

セシリアが執務椅子の横まで行くと、立ち上がった国王が大きな手を娘の頭にのせ、よしよしと撫でる。

「あ、あの……」

自分はなにか褒められるような行いをしただろうかと疑問に思うセシリアに、優しげに瞳を細めた父が「よくやった」と話し出した。

「今しがた、クロードから報告を受けたところだ。三つ目の人助けをしたそうだな。

三カ月という期間を守り、見事にやり遂げたお前を誇りに思う」

その言葉に目を見開いたセシリアは、心の中を忙しくする。

（監視役のクロードさんは、ふたつ目までしか知らないはずよ。歌劇場にはいなかったんですもの。三つ目ってどういうこと？　お父様は、なにかを勘違いしていらっしゃるの……？）

「三つ目とは、なにについて仰っているのですか？」と彼女が慌てて尋ねれば、それに答えるのは国王ではなくクロードである。

「もちろん、イザベル嬢の願いを歌劇場で叶えてあげたことについてです。ご友人を喜ばせただけではなく、オペラのあり方について考え直すきっかけを皆に与え、劇団長にも深く感謝されたそうですね。ご立派でございます」

「ど、どうして、クロードさんがそのことを……」

薄茶色の瞳を弓なりにして微笑むクロードに、セシリアが震えそうな声で尋ねれば、彼は黒い騎士服のポケットから一通の白い封筒を取り出した。

「一時間ほど前に届いた私宛ての手紙です」と説明した彼は、差出人の氏名をセシリアに見せる。

そこには、イザベルの名前が書かれていた。

「あっ……」

その封筒を見て、セシリアは全てを理解した。どうやらイザベルがクロードに手紙を書いて、歌劇場でのサプライズを教えてしまったようだ。

それは決して意地悪ではなく、よかれと考えての行為だと思われる。

三日前の別れ際にイザベルから、『今日のお礼は必ずさせてもらうわ。あなたを喜ばせたいのよ』と言われたことを、セシリアは思い出していた。

セシリアがクロードに想いを寄せていることは、他の令嬢たちは知らないことであるが、もう何年も前に、イザベルにだけはこっそりと打ち明けていた。

イザベルはきっと、憧れの役者に褒められて嬉しかったから、セシリアにも同じ喜びをお返ししようと考えたのではあるまいか。愛しの騎士団長に善行を褒められて、頬を染める親友を想像し、手紙をしたためたのだと思われる。

純粋な善意に対して文句を言いたくはないけれど、そのせいでセシリアは今、望みとは真逆の展開に嘆くことになってしまった。

（これで、お父様の課題をクリアしたことになってしまったわ。ということは、私の婚約は解消されることなく、このまま結婚へと進んでしまうのね……）

ショックのあまり、セシリアは言葉をなくして固まっていた。

娘の落胆に気づかない国王は、その華奢な肩をポンと叩くと満足げに言う。

「来月の十日にカナール王国の使者が来る。その時に、婚姻の儀の日取りも決めるつもりだ。お前は性根が清らかで、自慢の娘に成長してくれた。胸を張って嫁ぎなさい」

父と視線を合わせていられずに、セシリアは俯いた。「はい……」と返事をする声が、震えてしまう。

（もう結婚から逃れることはできないのね……。それでもせめて、クロードさんの前では、この話をされたくなかったわ……）

涙が滲み、視界がぼやけてきた。

それを隠そうとして、セシリアは退室を願い出る。

「お父様、申し訳ございませんが、これで失礼いたします。実は、今朝から少し気分が悪いんです……」

「それを早く言いなさい。医師を呼ぼう」と心配する父に、セシリアは首を横に振った。

「いいえ、大丈夫です。横になれば、すぐに治ると思います」

スカートをつまんで会釈し、そそくさと逃げるようにドアへ向かうセシリア。

その背にクロードの声がかけられる。

「セシリア様！」

反射的に立ち止まったら、続いて心配そうな彼の声が響く。

「お部屋までお送りいたします」

それは彼の親切心なのだろう。けれども今のセシリアにとっては、ナイフのように鋭く尖り、傷つけられたような痛みを胸に覚えた。

「やめて……」

絞り出すように呟いた声は、クロードまで届かなかったのか、「え？」と問い返される。

涙目でパッと振り向いたセシリアは、苦しさをぶつけるようにクロードを拒絶した。

「わたくしに優しくするのは、もうやめてください！」

悲痛な声で叫ばれて、クロードは目を見開き、驚いている。

彼から顔を背けたセシリアは、ドアに駆け寄って手荒に開け、廊下に飛び出した。

（クロードさんのせいじゃないのに八つ当たりしてしまったわ。ごめんなさい。でも悲しくて、耐えられないの……）

苦しさから逃れようとするかのように、セシリアは息を切らせて廊下を走り、南棟までやってきた。

すると、「セシリア様、お待ちください！」という声が後ろに小さく聞こえ、彼女は肩を揺らした。

クロードが追ってくるとは、思わなかったからだ。

このままでは三階の自室に戻る前に追いつかれてしまいそうである。

（今日はもうお話ししたくないのよ。きっと大泣きして、クロードさんを困らせてしまうもの……）

捕まるまいとするセシリアは、廊下の角を曲がってすぐの両開きの扉を開けると、その中に飛び込んだ。

長い廊下にはドアがいくつも並んでいるから、きっとセシリアがどこに隠れたのか、彼はわからないことだろう。

もしかすると、そのまま廊下を走り、東棟まで探しに行くかもしれない。

セシリアは胸に手を当て、乱れた呼吸を整える。潤んだ瞳も手の甲で拭い、前を向くと、逃げ込んだ部屋が礼拝堂であったことに気づいた。

（心を落ち着かせるには、都合のいい場所かもしれないわね……）

王城の礼拝堂は、広々として天井は高く、荘厳な造りとなっている。

ドアから祭壇までは一直線に赤絨毯が敷かれ、その左右には布張りのベンチ椅子が二十列並んでいた。

司祭は不在で、彼女の他に人はいない。

十二人の聖人を描いた縦長のステンドグラスが壁の一面を埋め、そこから七色の光が降り注ぎ、聖堂内を神聖に彩っていた。

十字架に祈りを捧げようと、セシリアは赤絨毯を進み、祭壇に近づいていく。

しかし、赤絨毯の中ほどまで来たら、後ろの扉が勢いよく開けられた音がして、彼女は肩をビクつかせた。

肝を冷やして振り向けば、ドア口にはクロードが立っている。

日頃、鍛えている彼だから、セシリアを追いかけるくらいで少しも息を乱してはいないけれど、麗しい顔には焦りがありありと表れていた。

（見つかってしまった……）

立ちすくむセシリアに、クロードが足早に歩み寄る。

二歩の距離を置いて立ち止まった彼は、焦りを隠して微笑むと、誠実な声で問いかけてくる。

「セシリア様の涙を、見過ごすわけにはいきません。心配なのです。どうかわけをお聞かせください」

ドレスの胸元を両手で握りしめたセシリアは、首を横に振って拒否を示した。

話したところで破談にできるわけではないし、気持ちが軽くなるとも思えなかった。

しかしクロードは、諦めてくれない。

セシリアとの距離を一歩詰めると、優しい言葉で心を開かせようとしてくる。

「私はいつもセシリア様の味方です。あなたの力になりたい」

これまでのセシリアなら、喜びに胸を熱くし、頬を染めたことだろう。

けれども今は悲しみに蝕まれているため、少しも感謝できずに、恨み言をぶつけてしまう。

「クロードさんは、わたくしの味方ではありませんわ。力になるどころか、作戦の邪魔をしたんですもの……」

「作戦の邪魔？　それは一体、どういうことでしょうか？」

まったくわからないと言いたげに眉を寄せる彼を見て、セシリアは小さなため息を漏らす。

(言わなければ伝わらないものよね。だから彼を責めることはできないわ。悪いのは、お父様にこの結婚が嫌だと、我儘を言えない私の方なのよ……)

疑問を与えておいて答えずにいれば、クロードはモヤモヤとした気分を引きずることだろう。

それは申し訳ないと思い、セシリアは悪巧みしていたことを打ち明けようとする。

けれども恋する彼に面と向かっては白状しにくいので、背を向けて祭壇へと足を進めた。

司教のいない説教台の前で足を止めた彼女は、なにもかもを諦めたような気持ちで、十字架に向けて罪を告白する。

「本当はわたくし、人助けをするつもりはなかったんです。婚約解消を期待して、悪役令嬢だと噂されるように、人に迷惑をかけようとしていました……」

庭師ジャルダンの件では、彼が庭師生命を賭けて品評会に臨んでいたという事情は知らなかったし、庭を壊して困らせようという意図しか持っていなかった。ジャルダンの窮地を救ってしまったのは、なにもかも偶然である。

靴屋の親子についても、後継息子にやる気を取り戻させるという狙いはなく、ただ理不尽な作り直しを何度も命じて、意地悪をしたかっただけなのだ。

クロードの知らないところで、王城医師の助手と掃除のメイドに嫌がらせを仕掛けたが、失敗して人助けになってしまった。

親友のイザベルに対しても、喜ばせるつもりは少しもなく、辱めを受けてもらおうとしたのに……計画とは真逆に感謝される展開になり、困ったのはセシリアの方であった。

それらをとつとつと話す間、クロードは同じ位置から動かず、口も挟まずに静かに聞いていた。

気力のない小さな声でも、礼拝堂は音が響くので、聞き漏らしてはいないと思われる。

彼がなにを思ったのかは、背を向けているセシリアにはわからない。

けれども、きっと嫌われてしまっただろうと予想して、重苦しいため息をついた。

(悪役令嬢にはなれず、クロードさんには嫌われて、全てにおいて失敗ね。お父様は、私を高く評価してくださるけど、自分ではそう思えないわ。出来損ないの情けない娘よ……)

自己嫌悪や悲しみの混ざった涙が、ポタリと彼女の足元に落ちた。唇を噛みしめてこらえようとしたが、溢れる涙は止まらない。

ついには両手で顔を覆い、呻くように泣き出した彼女に、クロードが歩み寄る。

真後ろで足を止めた彼は、困惑したような息を漏らしていたが、セシリアを非難するような言葉はかけなかった。

「そうだったのですか……。悪事を人助けだと報告した私は確かに、セシリア様の邪魔をしていたようです……」

後悔を滲ませたような声で呟いた彼は、「カナール王国の王太子殿下を、お好きではないのですね？」と確認するように問いかけてきた。

セシリアがこっくりと頷けば、右腕に彼の手が触れた。

その温もりに同情的な優しさを感じて、セシリアの胸はかき乱される。

彼を困らせるばかりだとわかっているのに、苦しい恋心を伝えずにはいられなくなった。

泣きながら振り向いたセシリアは、自らクロードの胸に飛び込んで、叫ぶように告白する。

「クロードさんが好きなんです！　あなたに港で助けられたあの時からずっと、今でもお慕いしています。他の人の妻にはなりたくありません！」

驚いたように息をのんだクロードは、「セシリア様……」と口にした後、黙り込んでしまった。

縋りつくセシリアを抱きしめるのではなく、拒否するのでもなく、ただ静かに呼吸しているのみである。

しかし、黒い騎士服の胸からは、セシリアと同じくらいに速い鼓動が聞こえていた。

数十秒の沈黙ののちに、彼はやっと口を開く。

「私は随分とセシリア様を傷つけていたのですね。申し訳ございません……」

その謝罪は、セシリアの望まない結婚話に、知らずにとはいえ協力してしまったことについてだろうか。それとも、今でも想われていることに、少しも気づけなかった鈍感さを詫びたのかもしれない。

セシリアの愛の告白については、「お気持ち、光栄に思います」と真面目な声で答えた彼。

残念ながら、そこには喜んでいるような明るさは感じられなかった。

(恋愛対象に見てくれないことなんて、十三歳で初めて告白した時から、わかっていたわ……)

結婚できる年齢になっても、九歳も年上の彼からすれば、セシリアはあの頃と大して変わらず子供のように見えるのかもしれない。

年齢を抜きにしたって、彼女は王女であり、友好国の王太子と婚約している身である。告白を受け入れ、恋人関係になるなど到底許されないことなのだ。

クロードが光栄だとしか応えられなかったことに、セシリアは納得しており、不満を覚えることはない。

だが、悲しみだけは晴れることなく、新たな涙が頬を濡らしていた。

クロードから少し体を離して、その顔を仰ぎ見れば、彼も苦しげな目をしている。

（ああ、やっぱり困らせてしまったわ。ごめんなさい。でも、もうひとつだけ、我儘を言わせてほしいの。これで最後にしますから、どうか許して……）

心の中で謝ったセシリアは、ありったけの勇気を振り絞って「お願いがあります」と切り出した。

「せめてもの思い出に、口づけをください。冬になれば婚約は正式に発表され、婚約式が執り行われます。それが済めば決して許されないことですけど、今なら、まだ……」

大胆な願い事をしている自覚はあり、彼女の鼓動は振り切れんばかりである。

その恥ずかしさを我慢してでも、どうしても思い出が欲しかった。

胸の前で祈るように指を組み合わせた彼女は、顔を上げて目を閉じる。

耳まで真っ赤に染め、緊張に体を震わせて、唇の上に温もりが下りるのを待ち焦がれていたのだが……二十秒経っても、その時は訪れない。

失意の中で目を開ければ、クロードが深刻そうな顔をして、セシリアをじっと見つめていた。

「セシリア様、申し訳ございませんが、今はできません。少々、お時間をいただきたい」

「そう、ですか……」

（時間が欲しいなんて、断るための口実よね。騎士団長として、国王を裏切る真似はできないとお考えなのではないかしら。私の最後の願いを叶えるより、そっちの方が大事なんだわ……）

一歩下がってうなだれたセシリアに、クロードの右手が伸ばされかけたが……彼は思い直したように宙を握りしめると、王女に向けて一礼する。

「落ち着いたら、私室にお戻りください」

淡白なその言葉を残した彼は、踵《きびす》を返して礼拝堂から足早に出ていってしまった。

扉が閉まれば、礼拝堂は静寂に包まれ、ステンドグラスを通した鮮やかな夕日が、セシリアに降り注ぐだけである。

（頑張ったけど、運命を変えられなかったわ。クロードさんへの恋心を消せないまま、私はサルセル王太子の妻になるのね……）

「ううっ……」と響いた呻き声は、セシリアのものである。

赤絨毯の上に膝から崩れ落ちた彼女は、声を押し殺して大粒の涙を流していた。

涙の枯れ果てたセシリアは、まだ日の高い時刻だというのに、虚ろな目をしてベッドに横になっていた。

礼拝堂でクロードと話したのは、二日前のことである。

『落ち着いたら、私室にお戻りください』とセシリアを置き去りにした彼であったが、五分もしないうちに双子の侍女が駆けつけた。

セシリアが心配で、クロードが知らせに行ったのだろう。

その優しさに、彼女はまた傷ついたのであった。

それからは、ほとんど部屋にこもりっぱなしで過ごしている。

両親を心配させたくないので、朝晩の食事は共にしているが、食欲がなく、ほとんど手つかずで残していた。

家庭教師にも、体調不良と連絡し、日課の勉強をさぼっている。

鬱々《うつうつ》とした気分で横たわるセシリアに、心配そうに付き添っているのは、カメリーだ。

「セシリア様、気晴らしに庭に出られてはいかがでしょう？　レース編みや刺繍も、心の癒しにはいいと思います」

伏しているばかりでは、本当に病気になってしまうのではないかと危惧《きぐ》して、カメリーは提案してくれたのだろう。

しかしセシリアは、「ありがとう」と、か細い声でお礼を言うのみ。

「ごめんね。なにもする気が起きないの……」

そう答えた後は、毛布を引き上げて、頭まですっぽりと被ってしまった。

（このまま眠ってしまいたい。そして、永遠に目覚めなければいいのに……）

カメリーのため息が聞こえた直後に、ドアが勢いよく開けられて、ツルリーが飛び込んできた。

「セシリア様ー！」と明るい声をあげるツルリーは、ベッドに駆け寄ると、毛布にくるまっている王女の体を揺する。

「起きてください。クロード騎士団長が今、街での任務を終えて戻られたんですよ。たぶん、これから訓練場か馬場で、部下に稽古をつけるんだと思います。見に行きましょー！」

セシリアが塞いでいても、ツルリーはいつもと変わらず……いや、いつも以上に元気である。

はしゃいだ声でセシリアを誘うツルリーを止めたのは、カメリーだ。

「やめて！　セシリア様のつらいお気持ちがわからないの？　侍女失格よ」との厳しい言葉には、怒りと苛《いら》つきが感じ取れた。

それに反省することなく、ツルリーはムッとした様子で、すかさず言い返す。

「セシリア様が落ち込んでいるから、私が明るくしなきゃと思ってるのよ！　一緒になってしんみりしていたら、ミノムシが一匹増えるだけじゃない」

「ミノムシ？　なにを言っているのか、わからないわ。馬鹿なの？」

「馬鹿はどっちよ！　毛布を被ったセシリア様のことに決まってるじゃない。お金の計算しかできない、石頭のカメリー！」

「怒ったわ。久しぶりに本気の喧嘩をしましょう。早口言葉、三本勝負。敗者は一週間、勝者の下僕になるのよ」

睨み合う双子の侍女が、早口言葉勝負を始めようとしたら……ミノムシがむくりと起き上がり、顔を覗かせた。

気落ちしている中でも喧嘩を止めようとしたのかと思いきや、セシリアは「見たい……」と真顔で呟く。

目を瞬かせた双子が同時に、「なにをですか？」と問いかければ、王女の頬はうっすらと赤く色づいた。

「クロードさんの訓練風景よ……」

どんなに落ち込んでいても、恋する彼の勇姿を覗きたいという欲求には逆らえないようである。

嬉しそうに目を輝かせた侍女ふたりは、顔を見合わせてハイタッチすると、すぐさま行動に移す。

カメリーが毛布を剥ぎ取ってセシリアをベッドから引っ張り下ろし、ツルリーが王女の手を握ってドアへと走り出した。

「早く行きましょー！　訓練はきっともう始まってますよ。じっくり盗み見して、一緒に胸キュンしましょー！」

「ええ、そうね。会えなくなっても、瞼を閉じればいつでも思い出せるように、目に焼きつけておかなくちゃ……」

カメリーに見送られて、ふたりは西棟の尖塔へ向かった。

オリーブグリーンのデイドレスの裾をたくし上げたセシリアは、息を切らせて螺旋階段を駆け上がる。

てっぺんの見張り台に出ると、見張りの若い兵士が驚いたように振り向いた。

王女の顔を見て、敬礼の姿勢を取った彼とは、この見張り台で以前にも会ったことがある。望遠鏡を貸してくれたのに、ツルリーが壊してしまった時の、あの兵士だ。

セシリアが、「気分転換のために景色を眺めたいの」と、前回と同じ理由を口にすれば、彼は快く応じてくれる。

けれども、今回はその手に持っている望遠鏡を貸すとは言ってくれず、さりげなく背中に隠してしまった。

それに気づいたツルリーが、彼に腕を絡ませて、ウインクしながらおねだりする。

「この前は迷惑をかけてごめんなさい。今日は気をつけるから、貸してくださらない？　オ・ネ・ガ・イ」

若い娘に触られた経験がないのか、兵士の頬がポッと火照った。そして緊張に上擦る声で、「ど、どうぞ」と望遠鏡を渡してくれた。

しめしめとばかりにほくそ笑むツルリーは、調子に乗って要求を追加する。

「それと、あなたは邪魔……じゃなくって、見張りでお疲れでしょうから、塔を下りて休憩したらどうかしら？」

「いえ、自分は疲れておりません。侍女殿、お気遣い――」

彼女の提案を真面目な顔で断ろうとしている兵士であったが、ツルリーがそれを言わせない。

「気づいていないだけで、あなたは疲れているわ！　フラフラ、ヘロヘロ、フニャフニャなのよ。わかって！」

「フニャフニャ、ですか？」

「そうよ。だから早く階段を下りて、視界から消えてちょうだい。タイプじゃないけど、言うことを聞いてくれたら、今度デートしてあげるから！」

「は、はぁ……」

納得のいかない顔をしている兵士だが、ツルリーの気迫に押し切られる形で、仕方なく階段を下りていった。

これで心置きなく、騎士たちの訓練風景を盗み見できることだろう。

「ツルリーありがとう。頼もしいわ」とセシリアが褒めれば、侍女は得意顔で胸を叩いた。

「お任せください。セシリア様のためでしたら、たとえ火の中、水の中。イケメンじゃない相手にだって色仕掛けしますし、モテない男子とも仕方なくデートしてあげます！」

（さっきの兵士は、デートの話に喜んでいなかったと思うけど、それは指摘しない方がいいかしら……）

見張り台の四方に開いた広い窓にはガラスがはめ込まれていないので、地上よりやや強めの風が吹き抜けていく。

胡桃色の艶やかな髪をなびかせたセシリアは、ツルリーに渡された望遠鏡を使って西側を覗いた。

半屋外の訓練場では、何十人もの兵士たちがずらりと並び、おもりをつけた剣を素振りしている。

彼らの前を行ったり来たりしているのは指導役の上官で、クロードではない男性であった。

それならばと望遠鏡の先を馬場に向けたら、騎士たちが十人馬に跨《また》がり、バーや板塀を飛び越える訓練をしている。

クロードがその中にいるのではないかと胸を高鳴らせて探すセシリアであったが、残念ながら麗しい騎士団長の姿は見当たらない。

「クロードさんがいないわ……」とセシリアががっかりしていたら、裸眼で全体を見渡していたツルリーが、「あっ！」と声をあげた。

「セシリア様、いましたよ。あそこです！」

望遠鏡を下ろしたセシリアが、ツルリーの指差す方を見ると、この大邸宅と馬場の間の土の地面を、クロードが歩いている。ひとりではなく会話しながらであり、その相手は国王であった。

北側に向けてゆっくりと進むふたりは、立ち止まって言葉を交わし、また歩き出すというのを繰り返している。

「お父様とクロードさん……一体、なにを話しているのかしら？」

望遠鏡を覗くと、ふたりの横顔が確認できた。

国王は険しい顔をしており、クロードは真剣になにかを訴えているような表情だ。

ただならぬふたりの様子に、セシリアは不安を覚え、鼓動が嫌な音で鳴り立てた。

(私のことを話していると思うのは、考えすぎよね。クロードさんが、私についてのなにを訴えるというのよ。でも、気になって仕方ないわ……)

望遠鏡を外したセシリアは、早口でツルリーに言う。

「クロードさんを追いかけるわ。声が聞こえる距離までこっそり近づきたいの」

「盗み聞きですね。いいと思います！　私もご一緒しますか？」

「いいえ、ひとりの方がコソコソしやすくて見つからないと思うの」

「わかりました。ご健闘を祈ります！」

セシリアが階段に向けて走り出したら、「望遠鏡を置いていってください！」と後ろから声をかけられた。

急いでいるため振り向きざまに投げ渡してしまったら、ツルリーが「わっ！」と驚きの声をあげる。

続いてガチャンパリンと望遠鏡が落ちて壊れた音がしたが、それに構っていられずに、セシリアは階段を駆け下りた。

（急がないと。クロードさんとお父様が、どこに行ったのかわからなくなってしまうわ……）

西棟の通用口から外に出たセシリアは、クロードたちが向かっていた方へと走っていく。

訓練場と馬場を過ぎ、兵舎の前に差しかかったら、セシリアはふたりの姿を見つけた。

城壁内の北側は、森のように木立が広がっている。今は隠居して、妻と共に田舎の離宮でのんびりと暮らしている先代の国王が、趣味のバードウオッチングを楽しむために茂らせた森だと聞いたことがある。

その森の中に国王とクロードが足を踏み入れたところであり、それを五馬身ほど後ろから追いかけるセシリアは、首を傾げる思いでいた。

(話があるなら執務室ですればいいのに、どうして森で……?)

執務室だと、国王に用事のある誰かがノックをする可能性がある。

会話を邪魔されたくないからだという理由は考えられるが、それならば近侍をドア前に立たせて、人払いをすればいいだろう。

ただし、近侍にも聞かれたくない会話だとすれば……森の中でというのも頷ける。

この森は、ごくたまに庭師が手入れに入るくらいで、今は立ち入る人もいない。枝葉が生い茂り昼間でも薄暗いから、セシリアを含めた多くの者が散歩しようとは思わなかった。

セシリアは音を立てないように気をつけて、木に身を隠しながら、ふたりを追っていく。

ズンズンと森の奥へ進むクロードたちの声は微かに耳に届く程度で、会話の内容までは聞き取れない。

(もう少し、近づかなくちゃ……)

気が急いても、走れば枯れ枝を踏んで音を立ててしまいそうなので、なかなか距離を縮められないのがもどかしい。

そうしているうちに、ふたりが歩調を速めたため、黒い騎士服の背中を見失ってしまった。

（このまま、まっすぐに進んでいいのかしら？　こんなに深くまで入ったことがないから、少し怖いわ……）

まだ日が高いはずなのに、森の中は薄暗い。

城壁内とはいえ、恐々と進んでいたセシリアは、木々の隙間に明るい光を見た。

奥はポッカリと開けているようで、それに気づくと同時に、父の声が聞こえてハッとした。

「クロード、先ほどの話は本気なのか？　まさか、冗談ではあるまいな」

問いただすような物言いに、セシリアの緊張が増す。

急いで明るい光の方へ進めば、ふたりの姿をやっと視界に捉えることができた。

そこは木々が丸く切り取られた空間で、下草が膝下丈まで茂っている。

素人が作ったようなみすぼらしい東屋が一棟あり、それはおそらく、大工仕事も趣味だったという、先代国王が建てたものではないかと思われた。

板が朽《く》ちて今にも崩れ落ちそうに見えるけれど、現国王が撤去の命令を下さないのは、父親との思い出が詰まった場所であるからなのかもしれない。

その東屋の横で、国王とクロードは、三歩の距離を置いて向かい合っていた。

それを二馬身ほど離れた太い木の幹に隠れて、セシリアは覗いている。

父の険しい顔は確認できるが、クロードは後ろ姿しか見えない。

眉間に深い皺を刻んだ国王の問いかけに、クロードは姿勢正しく、はっきりとした声で答えた。

「もちろん本気で言ったことにございます。私はセシリア様をお慕いしております。この命を賭けて守り続けますので、どうか私の妻とすることをお許しください」

(妻にって……え、ええっ⁉)

盛大に驚いて声をあげそうになったセシリアは、慌てて両手で口を押さえた。

クロードに女性として慕われていたことに少しも気づかなかったので、喜ぶよりも信じられない心持ちでいる。

驚きのあまりに目が潤み、振り切れんばかりに鼓動が高鳴る中、セシリアはクロードの切々とした男心を聞いていた。

「私が王城騎士としてお仕えして十年、セシリア様のご成長を見守って参りました――」

年々、美しく成長するセシリアは、クロードの目にも眩しく映っていたそうだ。

大人になっても、心は少女のような純粋さを残し、誰に対しても優しい清らかさに、彼は惹かれずにいられなかった。

恋慕の感情をはっきりと自覚したのは、一年半ほど前のことらしい。

けれどもセシリアに対する恋心は、誰にも気づかれてはならないものだと、胸に秘めていた。

騎士団長という軍の中では高い地位にある彼だが、相手が王女では、身分違いも甚《はなは》だしいとわかっていたからだ。

セシリアに他国の王太子から求婚状が届いたと知った時、彼は嫉妬の感情を確かに感じていた。

それを押し殺して、王女の幸せのためにと、人助けの課題に挑む様子を作り笑顔で見守っていたそうだが……一昨日、彼はセシリアに愛を告げられ驚いた。

十三歳の時の彼女に告白されたことを忘れていたわけではないけれど、今でも変わらず慕われているとは、少しも思っていなかったからだ。

思いがけないセシリアからの告白で、彼はやっと気づいたそうだ。

自分がすべきことは、恋慕の感情を押し殺すことではないのだと……。

「セシリア様は勇気を出して、私に想いを打ち明けてくださいました。カナール王国の王太子殿下との婚姻に協力するなどと、弱腰だった私にも勇気を与えてくださいました」

そう言ったクロードの声には、確かな覚悟が感じられた。

聡明な彼ならば、自分の望みが叶えられた場合になにが起きるのかを、わからないはずはない。

一国の王太子との婚約を破棄すれば、これまでの友好関係にヒビが入る恐れがあるのだ。

それでもクロードは、セシリアの想いに応えようと決死の覚悟で国王に直談判している。

「もう逃げるわけにはいきません。セシリア様を幸せにできるのは、私しかいないのですから」

クロードは左膝を草地について、肘を直角に曲げた右腕を前に出し、頭を下げる。

「叱責を覚悟の上で申し上げます。国王陛下、どうか私にセシリア様をお与えください」

腕組みをした国王は、クロードを見下ろすのみで、なにも答えずに難しい顔をしている。

クロードの想いを聞いたセシリアは、木の陰に隠れながら大粒の涙を流していた。

驚きの波が落ち着いてくれば、歓喜に胸が震える。

(クロードさんも、私を慕ってくださっていたなんて……嬉しくて涙が止まらないわ)

礼拝堂で、せめて最後の思い出を……とセシリアが口づけを求めても、彼は与えてくれなかった。『今はできません。少々、お時間をいただきたい』と言って。

それは隠れてするのではなく、国王に許しを得てからすべきことだと、考えたためだったのだ。

そうとは知らずに傷ついていたセシリアは今、クロードの誠実さを感じて、たちまち失恋の傷が癒えた気がしていた。

しかし、単純に喜んでいられる状況ではないようだ。

クロードの必死の懇願も虚しく、「ならん!」という厳しい父の声が森に響き、セシリアは肩をビクつかせた。

その後に国王は、いくらか声を和らげ、「と言ったら、お前はどうするのだ?」とクロードに問いかけていた。

再び緊張の中に戻されたセシリアは涙を拭うと、ハラハラした心持ちでふたりの様子を窺う。

（クロードさんはなんと答えるの？　諦めてしまうのかしら……）

クロードが、俯いていた顔をゆっくりと上げた。

目の前に立つのは絶対的な権力を有する国王であるが、それでも彼は臆することなくはっきりりと意志を口にする。

「お許しいただけないのでしたら、セシリア様を連れて逃亡します」

「反逆罪だ。捕まれば、お前の処刑は免れないぞ」

「覚悟の上です。この胸に、命を賭けるに値する愛がありますゆえ」

その会話に心臓を大きく波打たせたセシリアは、喜びと恐怖を同時に味わい、動揺に視線を泳がせる。

（それほどまでに愛してくださるなんて、とても嬉しいわ。私もできることなら一緒に逃げてみたい。でも、捕まればクロードさんは処刑されてしまう。考えただけで恐ろしくて、足が震えそうよ……）

森に涼しい風が吹き抜ける。

クロードに厳しい視線をぶつけていた国王であったが、急に空を仰ぐと、フッと笑った。

「〝命を賭けるに値する愛〟か……。我が妃、オリビアにも、かつて同じことを言われたな」

国王は懐かしげに過去を振り返り、若かりし頃の出来事を語る。

当時、王太子の地位にあったレオナルドは、自身に関する、ある衝撃的な真実を知ってしまい、そのせいで命を絶たねばならないと思い詰めたことがあったそうだ。

あれは、雪が静かに舞い降りる冬の真夜中――。

誰もいない雪の原で、レオナルドはサーベルの刃を首に当てた。

刃を首筋に滑らせて自死しようとしていたまさにその時、まだ婚約前の公爵令嬢であったオリビアがひとりで駆けつけて、それを止めたのだ。

サーベルの刀身を両手で掴んで奪い取ろうとするオリビアの両指からは血が染み出し、雪の原を赤く染めた。

『オリビア⁉　なにをしている、早く手を離すんだ！』

『離しません。死ぬおつもりでしたら、わたくしもお供いたします。この剣をお貸しください。まずはわたくしから自害します』

『なにを言う⁉　オリビアが死なねばならない理由はない！』

『愛しているからです。もし間に合わずにあなたが命を絶っていたら、わたくしもすぐに後を追うつもりでした。あなたが行くところは、どこへでもついていきます。命を賭けるに値する愛を教えてくださったのは、レオン様ですわ！』

愛するオリビアの命まで奪えないと、レオナルドは死ぬことを諦めた。

オリビアは文字通り命懸けでレオナルドの目を覚まさせてくれて、その時、両指に負った刀傷は、今でもくっきりと残されているという——。

それを聞いたセシリアは、ハッとしていた。

母の白く滑らかな両指の関節に、茶色い線のような傷跡があるのは知っている。

そのせいで母は、公の場ではいつもシルクの手袋をはめているのだ。

子供の頃に、どうしたのかと尋ねたことがあったが、母はなんてことない顔をして、『昔、少し怪我をしただけよ。気にするようなものではないわ』とサラリと答えただけであった。

母が父の妃となるまで、ライバル令嬢たちと熾烈な争いが繰り広げられたという話は、噂に聞いたことがあったけれど、両親の間に命を賭けるほどの出来事があったとは知らなかった……。

母は強い人だと常々感じてきたセシリアの認識は、間違えていないようである。

（お母様は今の私と同じくらいの年頃に、決死の覚悟でお父様を救ったということよね。なにかを成し遂げるには、そのくらいの心の強さと勇気が必要なんだわ。私もお母様のようになりたい……）

水色の空を見上げていた国王が、視線をクロードに戻した。

王妃を想って話していた時の優しい笑みは消え、その眉間には深い皺が刻まれる。

「クロード、口だけならば、なんとでも言えよう。オリビアのような覚悟は、お前にはあるまい」

侮るような低い声でそれだけ言うと、国王は踵を返して歩き出した。

見つからないように全身を木の幹に沿わせて隠れるセシリアは、許してもらえなかったことに落胆している。

（私の結婚は、国家間の友好関係を保つために必要なんですもの。私とクロードさんが想い合っているという理由だけで、簡単に許してもらえるはずはないんだわ……）

木々の合間に遠ざかる父の姿を悲しげに見送っていたセシリアだが、枯れ枝を踏んだような音をすぐ近くに聞いて、驚いて横に振り向いた。

すると隣には、片手を腰に当てた真顔のクロードが立っている。

「キャッ！」と驚きの声をあげ、「あ、あの、わたくしはお散歩を……」と慌てて言い訳をしたセシリアだが、彼に首を横に振られてしまった。

「私は騎士です。気配に気づかぬわけがないでしょう。セシリア様が後をつけて森に入ったところからわかっていました。全ての話を聞いていたのですね？」

「ご、ごめんなさい……」

盗み聞きを咎《とが》められたのだと思い、セシリアが身を縮こませたら、逆に謝られる。

「いえ、こちらこそ申し訳ございません。国王陛下に許しを得ることができませんでした……」

深いため息をついた彼は、セシリアの右手を取ると、その手のひらを自身の頬に当てた。

色香の溢れる瞳に見つめられた彼女は、途端に頬を赤らめ、鼓動を高鳴らせる。

「セシリア様を愛しています。他のものはなにを失っても構わないが、あなただけは手に入れたいのです」

クロードは恋慕の感情をはっきりと言葉にした。

国王との会話を聞かれたことで想いは伝わったとわかっていても、直接セシリアに愛を告げたかったのだろう。

ますます顔を火照らせる王女を、クロードは抱き寄せ、その逞しい腕に閉じ込める。

（ク、クロードさん……!?）

恋愛に不慣れなセシリアなので、どうしても体に力が入ってしまう。

今まで頭に描くだけであった願望が、突然、いっぺんに叶えられたような気分で、心の中は大忙しだ。

（とっても嬉しいけど、どんな反応をしていいのかわからないわ。こういうことは少しずつ教えてくれないと、ドキドキしすぎて、心臓が壊れてしまいそうよ……）

今にも倒れそうなほどにのぼせるセシリアであったが、舞い上がってばかりもいられない。

クロードが強引なまでに愛情を言動で示したのは、王女にも決意を促すという目論《もくろ》見《み》があってのことのようだ。

彼はセシリアを強く抱きしめると、耳元で低く囁いた。

「セシリア様、私と一緒に逃げてください」

「そ、それですと、クロードさんのお命が……」

「捕らえられたら、の話です。私は決して捕まりません。セシリア様をこの手で幸せにしたいのです。ただし、無理強いはしません。あなたも王女の地位を捨てるという覚悟が必要ですから」

その覚悟とは、これまでのような贅《ぜい》沢《たく》な暮らしを捨て、素性を隠しながら慎ましやかに生きるという決意のことだろう。

カナール王国へ嫁げば、王太子妃として、何不自由ない生活が約束されるが、クロードと逃げるのならば、もしかすると食べるのにも困る暮らしが待ち受けているかもしれない。

どんなに愛していても、セシリアにその覚悟がなければ、駆け落ちという選択をさせられないと、クロードは諭すように話していた。

彼の腕の中で、待ち受ける困難を想像しながら聞いていたセシリアだが、それでも迷うことなく頷いた。

「わたくしが憂慮しているのは、クロードさんが捕らえられることだけです。捕まらないと約束してくださるのなら、悩むことはありません。どんなに貧しい暮らしでもいい。クロードさんと離れたくありません」

彼の腕の中で顔を上げたセシリアは、照れることなく視線を交え、はっきりと覚悟を伝える。

「わたくしは今日限りで王女を辞めます。ふたりで遠くへ逃げましょう」

「セシリア……ありがとう」

クロードが敬称を外したのは、王女の地位を捨てるという彼女の意志を、受け止めたからであろう。

身分という壁が消えた気がして、セシリアの胸は喜びに高鳴る。

真摯な眼差しを向けるクロードは、「必ずや逃げ延びて、君を幸せにする」と頼もしく宣言した後に、フッと柔らかく微笑む。

そして、「えっ？」と目を丸くしたセシリアに、麗しき顔を近づけ、誓いの口づけを与えたのであった。


その夜。

セシリアの私室の柱時計は、零時を指したところだ。

「時間だわ。行かなくちゃ」

町娘のような質素なワンピース姿のセシリアは、フード付きの茶色のマントを羽織って、二日分の着替えしか入っていない小さな布袋を手に持った。

これから城壁内の北側に広がる森で、クロードと落ち合い、馬で逃げる予定である。

「セシリア様ー！」と泣きながら抱きついてきたのは、ツルリーだ。

「本当に行っちゃうんですか？　もう会えないなんて、悲しいですー」

「わたくしもツルリーと離れるのは寂しいわ。でも、わかって。クロードさんと一緒に生きていきたいの。カナール王国へ嫁ぐのは嫌なのよ」

「そうですよね。騎士団長とせっかく両想いになれたのに、引き裂かれたくありませんよね。それはわかってますけど、別れが急すぎて……」

セシリアがツルリーの背中を撫でて慰めていると、すぐ横に立っているカメリーが出発を催促する。

「セシリア様、お急ぎください。見張りの交代時間に合わせての脱出計画が崩れてしまいます」

冷静で淡々とした口調はいつも通りだが、カメリーの瞳も別れの寂しさに潤んでいた。

「わかったわ」と、ふたりから離れたセシリアは、ドアへ向かう。

侍女たちとは、ここでお別れだ。

森までついてこさせないのは、セシリアの配慮である。

一緒にいる姿を、もし誰かに見られたら、この駆け落ちに侍女たちが協力したと思われ、罰せられるかもしれないからだ。

「セシリア様、どうかご無事で……」とツルリーが涙声で最後の言葉をかけた。

カメリーは、「私たちはいつもセシリア様の幸せを祈っています」と胸の前で指を組み合わせている。

「今までありがとう。ツルリー、カメリー、元気でね。ふたりが侍女になってくれて、とても楽しかったわ。さようなら……」

笑顔を作ってそう言ったセシリアは、そっと廊下に出る。

侍女たちとの別れは、彼女にとっても非常につらいことだが、泣いてはいられない。クロードの足手まといにならないように、強くしたたかに生きていこうと、心に誓ったからである。

（逃げ延びて、きっとふたりで幸せになってみせるわ……）

細心の注意を払い、無事に北側の通用口から外に出ると、空には小さな三日月が浮かんでいた。

満月ならばもう少し周囲が見えただろうが、今宵は足元も見えないほどの暗夜である。

視覚よりも記憶を頼りに森の方へ進めば、突然「セシリア」と小声で呼びかけられ、誰かに腕を掴まれた。

驚いて、悲鳴をあげそうになった口を、慌てて自分の手で塞ぐ。

その声がクロードのものであると気づいたからだ。

彼とは森の中で落ち合うはずであったが、セシリアが遅れたため、心配になって出てきたのだと思われた。

「お待たせしてごめんなさい」とセシリアが謝れば、クロードはホッとしたように息をついた。

「もしや気が変わったのかと、不安に思ってしまった。すまない。急ごう。ちょうど見張りが交代するところだ」

手を引かれて森の中に入れば、一段と夜が濃くなったように感じる。

けれどもクロードは、セシリアより暗闇に目が利くのか、スタスタと迷いなく歩いていく。

セシリアは変装のために町娘の衣装を着ているが、彼はいつもの騎士服である。

スムーズに脱出するには、見張りの兵や使用人たちに姿を見られないようにしたいところだが、門だけはそうはいかない。

城門には門番が立ち、夜間はしっかりと施錠されている。そこを抜けるには、騎士としての任務があるふりをして、堂々と出ていく方が都合がよかった。

森の中程には、馬が一頭、木に繋がれていた。

クロードが用意した麻袋にセシリアは頭まですっぽりと入り、荷物のように馬の背に乗せられる。

「つらくないか？」と心配してくれるクロードに、彼女は袋の中から「大丈夫です」と返事をした。

（ちょっと苦しいけど、門を出るまでの辛抱よ……）

騎乗したクロードは、森を出て西門へと馬を歩かせる。

広大な敷地内を数分進んで門にたどり着くと、セシリアは強い緊張に襲われる。

麻袋の中でじっと息を潜め、「門を開けてくれ」というクロードの声を聞いていた。

「騎士団長、こんな時間に、おひとりで任務ですか？」

問いかけた門番の様子は、袋の中からでは見えないが、首を傾げたのがセシリアにも伝わっていた。

部下たちを統率して司令を出す立場にある騎士団長が、ひとりで任務に出かけるのは、珍しいことなのかもしれない。

無事に門を出ることができるのかと、セシリアはハラハラしていたが、クロードは微塵の動揺も感じさせない声で「そうだ」と言い放った。

「任務内容をお前に話さねばならないのか？」と不愉快そうな声で問いかけたクロードに、門番が慌てたように謝る。

「し、失礼しました。開門いたします」

夜のしじまに、鉄製の門が重たく軋む音が響いた。

馬が再び歩き出した振動が体に伝わり、セシリアは麻袋の中でホッと息をついた。

(よかった。無事に城外に出られたわ。この後は、ドラノワ家に行くのよね……)

次の目的地は、イザベルの住むドラノワ公爵邸である。

親友にだけは別れを伝えたいと思ったセシリアが、夕方、駆け落ちの事情を書いた手紙をカメリーに届けさせたら、返事を携えて戻ってきた。

それには、協力したいという旨が綴られていた。

ドラノワ公爵家は内陸部の領地の他に小島を持っていて、そこに長年使用していない別荘が建っている。そこにしばらく身を隠してはどうかと、イザベルは提案してくれた。

彼女の両親は今、遠く離れた領地の屋敷の方にいるらしく、王都には不在である。

そのため、公爵夫妻に内緒で、小型船も提供できる、とのことであった。

セシリアが親友からの手紙をクロードに見せて相談した結果、船はありがたく譲り受けることにした。馬よりも短時間で、より遠くまで逃げることができるからだ。

ただし、小島の別荘は辞退した。

『どこから情報が漏れるかわからないから、行き先は誰にも教えない方がいい』というのが、クロードの判断である。

彼は国外に出ようと考えていることは話してくれたが、最終目的地はセシリアにもまだ教えてくれなかった。

ふたりを乗せた馬は丘を下り、王都のメインストリートから民家の建ち並ぶ横道に入る。

家々の窓辺に明かりはなく、静かで、街の民は皆、寝静まっているのだと思われた。

人気のない道端で、セシリアはやっと麻袋から出してもらえた。

「大丈夫か？」

「はい」

それだけの会話で、すぐにふたりは馬に乗り直した。

王城を脱出したといっても、喜び合っている暇はない。朝が来る前に、王都からできるだけ遠くまで離れたいからだ。

クロードは手綱を持った両腕の間に、セシリアを抱えるようして座らせて、馬を走らせている。

横座りでは姿勢を保つのが難しく、セシリアはクロードの胴に両腕を回してしがみついていた。

（こんなの初めての体験よ。馬の背は揺れるのね。ちょっと怖いわ……）

するとクスリと笑う声が、彼女の耳元で聞こえる。

「決して落とさないから、安心していい。だが、腕は離さないで。セシリアに抱きつかれているのが、嬉しいんだ」

「ク、クロードさん……」

セシリアの頬は熱くなる。

冗談とも本気とも取れる言い方をした彼は、馬の速度を上げ、それから間もなくドラノワ公爵邸に到着した。

ランプの灯る玄関ポーチでは、イザベルが公爵家の執事とともに待っていてくれて、馬を下りたふたりに駆け寄った。

「イザベル、協力してくれてありがとう」とお礼を述べたセシリアを、イザベルは強く抱きしめる。

「最近のセシリアには、驚かされてばかりだわ」

「ごめんなさい……」

「いいえ、謝らないで。あなたの勇気と行動力に感動しているのよ」

イザベルも、貴族の娘として生まれたからには、家のために結婚するのが当たり前だと思い育ってきた。

　彼女はオペラ役者のトワルに想いを寄せているが、彼との結婚を夢見たことはなかった。それは決して叶わないと最初から諦めているからである。

　その気持ちが今、変わろうとしているらしい。

「実はね、トワルから何度もオペラの招待を受けているの。他の劇団の公演よ。一緒に鑑賞したいって……」

　イザベルは、頬を染めてそう話した。

「すごいわ、イザベル！　それってデートの申し込みよね。きっとトワルさんも、あなたを好きになったのよ」

　セシリアが満面の笑みで喜べば、イザベルもはにかむように微笑んで頷いた。

「だからね、セシリアに感謝しているの。駆け落ちには驚いたけれど、勇気を見せられて、わたくしも諦めずにお父様にお願いしてみようと思ったのよ。トワルをドラノワ家の婿に迎える話を。最初から諦めていては、なにも変えられないわよね」

　似たような境遇のふたりは、お互いの気持ちがよくわかった。そして親友として相手の恋を応援したいと心から思っているのだ。

　セシリアとイザベルは、目を潤ませてヒシと抱き合い、激励し合う。

「イザベル、あなたの恋もきっとうまくいくわ。諦めないあなたは、とても素敵よ」

「ありがとう。セシリアも幸せになれると思うわ。努力家で勇気があり、大胆なことをするあなたなら、必ず」

それからイザベルは体を離すと、門出に涙は相応しくないというように目元を拭い、ニッと笑ってみせた。

「セシリア、さあ、幸せな未来に向けて出発よ。さよならは言わないわ。きっとまた会えると信じてる」

「ええ。わたくしも、そう思うわ。イザベル、また会いましょう」

ふたりが友情を深めている間、初老の執事が、船の操縦について事細かにクロードに説明していた。

食料や水、着替えや毛布なども積んでくれたそうで、とてもありがたい。

セシリアとクロードは、イザベルと執事に感謝を述べると、乗ってきた馬を預けて別れ、ふたりで屋敷の裏手に回った。

裏庭を抜けると、そこは崖で、強い海風にセシリアの長い髪が横になびいた。

ドラノワ家所有の船着場は、この崖の下にある。そこまでは整備された石造りの階段がついているので、セシリアでも無理なく下りることができそうだ。

遠くに見える岬の灯台が、深夜の海を照らしている。

昼間に見れば、穏やかでコバルトブルーの美しい海なのだが、今は群青色をして、航海に出る者を飲み込んでしまいそうな恐怖を覚える。

けれどもセシリアは、怯まない。

先導して階段を下りるクロードの大きな背中は頼もしく、彼についていけばきっと明るい未来が開けるはずだと信じているからである。

むしろ胸が弾んで、冒険心が湧き上がるような楽しい心持ちであった。

（これから恋人と船で逃亡するのよ。私はすごいことをしようとしているんだわ……）

階段を下りきると、目の前の船着場には、イザベルが用意してくれた小型帆船が波に合わせて船体を揺らしている。

整備されていても、足元は波に濡れて滑りそうで、なおかつ足場は狭い。

「ゆっくりと歩いて」と振り向いて注意を与えたクロードに、セシリアは真顔で頷いたが、その直後に弾んだ声をかける。

「クロードさん、わたくし、船旅は初めてなんです。ワクワクして――」

それは、「しっ！」という鋭い声で遮られ、突然、彼に抱き寄せられた。

腰に腕を回され、頬をその胸に押し当てられて、セシリアの胸は高鳴ったが、甘い展開にはならないようだ。

驚くセシリアの耳元に、緊張を孕《はら》んだ声が聞こえる。

「向こうの岩場にランプの明かりが見えた。人の気配もする」

まさか駆け落ちに気づかれ、早くも城から追っ手が来たのかと危惧したセシリアであったが、それを小声で尋ねれば、「違う」と否定された。

険しく顔をしかめたクロードが、海と暗い岩場に目を凝らす。

「船影も見えるな。あれは、商船か……」

この辺りの海岸線は直線ではなく、でこぼこと入り組んでいる。

セシリアたちが立っている場所の右手は、崖が海に向けてやや突出しており、その向こうに小型の商船らしき船体がわずかに確認できた。

クロードの言うように、ランプの明かりもチラチラと点のように見えている。

ここからの距離はおそらく、二十メートルほどであろう。

ふたりは慎重に崖伝いに歩いて半分ほど近づき、岩場の陰から怪しげな船を覗いてみる。

すると……。

整備されていない自然の岩場に、桟橋《さんばし》のように板が渡されて、帆船が横づけされていた。

腰にランプを下げた人相の悪い男たちが、船から積荷を下ろし、どこかへ運んでいるようだ。

ざっと見た限り、その人数は二十人ほどだろうか。船内にもまだいるかもしれないので、正確な人数はわからない。

王都には立派な港がある。商船ならば、そこで積み下ろしをすればいいのに、このような不便な場所で、しかも真夜中に働いているのは、一体どういうわけだろう……。

頭の中で理由を探したセシリアが、「まさか……」と呟いたら、睨むように商船を見つめるクロードが頷いた。

「密輸船だ。王都の港近くで、大胆なことをやってくれるな」

「密輸船⁉」

「しっ。静かに。積荷が気になる。麻薬や武器の類ではあるまいな。船ごと捕らえたいところだが……」

セシリアが海に落ちないようにと、片腕で抱き寄せつつ、クロードは苦しげに唸った。

王女を攫《さら》って逃げるという大罪を犯している彼だが、悪党を見ると、正義感から捕まえなければと思うらしい。

その気持ちをグッと押し込めて、彼は駆け落ちを優先させる。

「戻ろう。船を出して、早く王都を離れなければ」

セシリアも同じ気持ちである。

密輸船を見逃すことに罪悪感を覚えても、今は自分たちのことで手一杯。

父に駆け落ちを知られたら、すぐに追っ手が来るに違いないから、今夜のうちにできるだけ遠くまで逃げなければならないのだ。

ふたりが岩場から離れようとした、その時……海風に乗って、女性の泣き声が聞こえてきた。

顔の向きを密輸船の方へ戻したふたりは、同時に目を見開く。

縄で繋がれた若い娘五人が、桟橋のような板の上を一列になって歩かされているのだ。

泣き声は彼女たちのもので、「うるせぇ！　黙って乗り込め。海に突き落とすぞ！」と怒鳴りつける悪党の声も聞こえてきた。

荷下ろしを終えた船に、乗せられようとしている娘たちを見て、セシリアは震える声でクロードに問いかける。

「あれは、どういうことですか……？」

「若い娘が五人か。おそらくは――」

クロードが怒りを押し殺したような低い声で説明してくれる。

それによると、先月から町娘の失踪事件が相次いでいるそうだ。買い物や友人の家に出かけた娘たちが帰宅しないと親たちが訴え、王城の兵士が調査に乗り出したところ、失踪した娘のひとりが、人相の悪い男に声をかけられているのを見たという目撃者が現れた。

これは誘拐事件だろうという予測のもと、今現在も調査中であり、娘たちも犯人もまだ所在不明という話であった。

「なんて、ひどい話なの……」

攫われた娘たちは、どれほど怖い思いでいることだろう。

セシリアは彼女たちに心からの同情を寄せ、その目に涙を浮かべる。

密輸品の荷下ろしだけなら見なかったことにできても、この状況は見逃せない。

自分たちがなんとかしなければ、彼女たちは遠くまで連れ去られ、その後はどうなってしまうことか。

そのまま悪党の妻や愛人とされるのか、それとも売り飛ばされるのかはわからないが、哀れな結果になるのは目に見えている。

(助けないと……)

強くそう思ったセシリアは、クロードの騎士服をぎゅっと握りしめる。

けれども、同時に迷いも生じていた。

(王城に知らせに行けば、私たちは駆け落ちすることができなくなるんじゃないかしら？　でも、このまま放っておくことはできないわ。ああ、どうしたら……)

それは、クロードが決断してくれた。

彼としても、人攫いを見逃すことができないようで、セシリアを連れて崖下の階段まで戻ると、低い声で指示する。

「セシリアは一旦、ドラノワ邸に戻って待っていてくれ」

「クロードさんは？」

「悪党退治だ。城に応援要請を出すわけにいかないからな。ひとりで始末し、あの娘たちを救出してくる」

男たちは、船外に出ていた者だけでも二十人ほどはいた。悪党ならば、武装しているに違いなく、ひとりで立ち向かうのは無謀だと、セシリアはおののいた。

「クロードさん、それはあまりにも危な……あっ！」

けれども、セシリアが止める間もなく、クロードが駆け出してしまった。

波に濡れた岩場でも、身軽に移動する彼の姿は、すぐに夜の闇にのまれて見えなくなる。

ハラハラと心配するセシリアは、階段を駆け上がり、ドラノワ公爵邸に向かうのではなく、崖沿いに密輸船のある方へと進む。

安全な屋敷内でじっと待っていることはできそうになく、上から戦いの様子を覗こうと考えたのだ。

ドラノワ家の裏庭から二十メートルほど離れ、この辺りかと思うところで恐々と崖下を覗き込めば……すでに戦闘の真っ最中であった。

岩場にはクロードにやられたのだと思われる男たち七人が倒れている。

桟橋の上にいるクロードは、前後を男たちに挟まれているが、前のふたりを剣のひと振りでなぎ払い、後ろの敵を蹴り飛ばして海中に沈めていた。

そのまま走って船に飛び乗った彼は、船上でも華麗に立ち回る。

攫われた娘たちは、甲板の隅に身を寄せ合って、突然始まった戦闘に悲鳴をあげていた。

襲いかかる悪党どもを、次々と危なげなく倒していくクロードは、やはり桁違いに強い。

五年前も港で、三十人ほどの悪党とひとりで剣を交え、セシリアを守りきった彼であるが、岩場や揺れる船上でよく戦えるものだ。

あの時よりも、さらに強くなったのではないかと、セシリアは改めて彼に頼もしさを感じつつ、胸を高鳴らせた。

(心配いらなかったかしら。この分なら、すぐに悪党退治が終わりそうだわ……)

しかし、安心するには早かったようだ。

船室の扉が勢いよく開けられたと思ったら、潜んでいた男たちが雄叫びをあげて、続々と甲板に飛び出してきた。その数、十五人ほどだろうか。

「なんだよ、たったひとりの騎士じゃねぇか。野郎ども、さっさと片付けろ!」という大声が崖の真下から聞こえ、岩場の方からも悪党どもが押し寄せてきた。

その数は十人……いや、二十、三十とどんどん増えていく。

揺れる船体にかけられたランプと、悪党たちの腰に下げられたランプが、チラチラとクロードの顔を暗闇に浮かび上がらせる。

その麗しき顔に焦りが浮かんだ気がして、セシリアの胸には強い恐怖が湧き上がった。

（いくらクロードさんが強くても、こんなに大勢と戦うのは無理よ。早く応援を呼ばなければ……！）

王城の兵を呼べば、駆け落ちは失敗となるだろう。

けれども、愛しきクロードの命の危機を感じたら、迷っていられない。

崖から離れたセシリアは、ドラノワ公爵邸に向けて全力で走る。

途中でつまずいて転んでしまったけれど、擦りむいた膝を気にしている暇はない。

息を切らせて屋敷の玄関までたどり着いたら、真鍮《しんちゅう》のドアノッカーを激しく打ち鳴らした。

数秒してドアを開けてくれたのはガウン姿の初老の執事で、驚いた顔でセシリアを見ている。

「ど、どうなさいましたか……？」

まだベッドに入っていなかったイザベルも、何事かと二階から階段を駆け下りてきて、血相を変えたセシリアに目を丸くしていた。

「セシリア、どうしたの？　船になにか異常でも？」

「違うのよ！　イザベルお願い、王城に知らせの早馬を出して。クロードさんが人攫いの悪党たちと戦っているの。このままでは、やられてしまうわ！」

「え、どういうこと？　駆け落ちは……？」

それから数時間が経ち、東の空が朝焼けに染まっている。辺りはうっすらと明るく、海は穏やかに波打っていた。

ドラノワ公爵邸の豪華な応接室で、セシリアは長椅子に腰かけ、俯いている。

その隣に座るのはイザベルで、セシリアの肩を抱いて慰めてくれていた。

「タイミングが悪かっただけよ。また好機は訪れるわ。そんなに落ち込まないで」

「ええ、イザベル、ありがとう……」

クロードに怪我はないようで、それは安心するところだが、駆け落ちできなかったことにセシリアは肩を落としている。

イザベルに頼んで、ドラノワ家の使用人を王城まで知らせに走らせた後、すぐに騎士や兵士たちが隊を組んで駆けつけた。

人攫いの悪党たちは瞬く間に全員捕縛され、密輸船も積荷も押収。誘拐された娘たちも無事に解放となり、夜中のうちに一件落着となったのだ。

それを指揮したのはクロードで、セシリアはまだ、彼と話をすることもできないでいる。

今頃、彼は、押収した密輸品を調べているところかと思われる。

王女を連れて逃げるつもりが、騎士団長として働かざるをえない状況に陥り、おそらくは彼としても、なぜこうなったと気落ちしていることだろう。

（クロードさんが無事だったんですもの。応援を呼んだことに後悔していないわ。でも、駆け落ちに失敗したのは私のせいだから、後できっとクロードさんに叱られるわよね……）

「紅茶をもう一杯どう？　お腹は空いてない？」としきりに心配してくれる親友に付き添われていたら、ドアがノックされた。

入ってきたのはクロードで、見たところ無傷であるが、疲労の濃い顔色をしていた。

それは肉体的な疲労というより、駆け落ちに失敗したことに対する精神的なものに違いない。

どことなく悔しげに見えるクロードに、セシリアは駆け寄り、両手を胸の前で組み合わせて謝った。

「応援を呼んだのはわたくしです。ごめんなさい。大勢の敵に囲まれたクロードさんを見たら、焦ってしまって……」

オロオロする彼女の頭に、大きな手のひらがのり、優しく撫でられた。

「君の気持ちはわかっているから、謝らなくていい。だが、困ったな。こうなれば城に帰るしかないだろうな……」

まだ夜が明けたばかりである。今帰れば、王女が駆け落ちしたとは誰にも気づかれず、何食わぬ顔でもとの生活に戻れることだろう。

捕まれば死罪という大きな覚悟をもって城を出たクロードなので、自ら王城へ帰るという決断を下さざるをえないこの展開に、深いため息をついていた。

「あの、諦めたりしませんよね……？」とセシリアが不安に思って問いかければ、彼は少しだけ微笑んでくれる。

「諦めるものか。一旦帰って仕切り直すだけだ。セシリアを他の男には渡さない」

急に瞳を甘く艶めかせ、彼はセシリアの腰を引き寄せると、顎をすくう。

胸を高鳴らせるセシリアが、そっと瞳を閉じれば、後ろに慌てたような声がした。

「わ、わたくし、ここを出ますので、そういうことは、おふたりきりで……」

顔を赤らめて立ち上がったのは、イザベルである。まだ恋人のいない彼女にとって、目の前でラブシーンを見せつけられるのは、刺激が強すぎるようだ。

（私ったら、イザベルのことをすっかり忘れてしまったわ……）

彼女に振り向いて「ごめんなさい！」と謝ったセシリアも、恥ずかしさに頬を染めている。

ウブなふたりの令嬢に、クロードは苦笑するしかない。

そして甘い雰囲気を消すとイザベルに向き直り、「我々はこれで失礼します。ご協力に感謝いたします」と頭を下げたのであった。


なるべく目立たぬようにと、フード付きのロングマントを羽織ったセシリアは、馬に乗ってドラノワ家を後にする。

横座りするセシリアを腕に抱くようにして手綱を握るクロードが、馬を歩かせながら事件について説明してくれた。

「あの悪党たちは、クリミネル一家だ――」

その名にはセシリアも覚えがあり、驚いていた。

五年前、セシリアを港で襲った男たちと同じ一味であったからだ。

あの時、港にいた悪党たちは、クロードの手により全員倒されたのだが、組織が消滅したわけではない。今はさらに人員を増やして、王都で暗躍していたらしい。

国王軍はこれまでに幾度となくアジトを摘発し下っ端の構成員を捕縛してきたが、上手に逃げ隠れする親玉は捕まえられずにいた。それが今回の件で、やっと縄をかけることができたようである。

「上官に褒められてしまった」と、クロードは暗い声で打ち明け、嘆息する。

クリミネル一家に軍の動向が悟られないよう、クロードがあえて単独調査をしていた結果の大捕獲劇であったと、勘違いされたそうだ。

軍の幹部に褒められても喜べずにいるクロードだが、攫われた娘たち全員を救出できたことについては、嬉しく思っているとセシリアに話した。

それは、大失敗に終わった駆け落ちの中で、唯一の明るい成果であろう。

セシリアもそれに関しては、頬を綻ばせる。

「助けることができて本当によかったですわ。彼女たちは、もう家に帰ったのですか？」

「ああ。聴取が終わったから、先ほど、自宅まで送り届けるよう部下に命じた」

「それでしたら、今頃、ご両親と再会して喜び合っているのかもしれませんね……」

周囲は二階建ての民家が建ち並ぶ、住宅街である。セシリアの姿をなるべく見られたくないため、クロードは大通りを避け、細道を進んでいた。

まだ夜が明けたばかりで人通りはなく、静かな石畳の道にはふたりを乗せた馬の蹄《ひづめ》の音しか聞こえない……と思ったら、左前方の民家の門前がやけに騒がしい。

何事かと思わずその民家の門前で馬を止め、馬上から門の内側を覗き見れば、寝間着姿の中年の男女が外に出ていて、若い娘を左右から抱きしめて大声で泣いている。

「よく帰ってきてくれた！　お前がいなくなって、父さんはどんなに心配したことか」

「母さんもよ。生きた心地がしなかったわ。ああ、神様、娘をお返しくださいましてありがとうございます！」

「あれは、もしかして……」とセシリアが問いかけたら、クロードが頷いた。

どうやら誘拐された娘のひとりの自宅が、ここのようだ。クロードの部下に付き添われて家に帰ってきたところに、ちょうど出くわしたらしい。

抱き合って喜ぶ親子の後ろには若い騎士がひとり立っている。

彼は馬上のクロードに気づくと、ハッとした顔をして、すぐさま敬礼の姿勢を取った。

マントのフードを目深に被っているセシリアだが、慌てて顔を俯かせて騎士に顔を見られまいとした。

街の民は王女の姿を目にする機会が少ないから、気づかれにくいと思われるが、騎士や兵士、王城の関係者はセシリアをよく見知っている。

こんな早朝に王女がなんの目的で外出しているのだろうと不思議に思われ、それを問われたら、言い訳に困る。

クロードは騎士の敬礼に対して軽く頷いただけで、王女の顔を見られないよう、すぐに馬を歩かせようとした。

しかしその前に騎士が、親子に向けて慌てたように大声で注意した。

「感謝したいのならば、神にではなく、そこにおられる王女殿下と騎士団長に対してしなさい！」

「えっ⁉」と声をあげたセシリアと、顔をしかめるクロード。

ふたりは、王女だと気づかれてしまったことよりも、こちらに振り向いた親子に対し、なぜか得意げに説明し始めた彼の言葉に驚き戸惑っていた。

誘拐犯を見つけたのは、夜の海辺をお忍びで散策していた王女である。護衛として同行していた騎士団長がひとりで悪党一味に立ち向かい、王女は応援要請に城まで走ったのだと、彼は胸を張って話して聞かせた。

もし兵士や騎士に顔を見られて、王女が城外にいる理由を問われたら、急用があってイザベルに会いに行っていたとでも言い訳しようかと、セシリアは考えていた。

けれどもその騎士は、王女が外出していた理由を勝手にそう推測したようだ。

勘違いだらけの説明にセシリアは慌て、クロードは「おい！」と騎士に注意を与えた。

それからすぐに間違いを訂正しようとしたクロードであったが、それができなくなったのは、誘拐されていた娘と両親が門を飛び出し、泣き叫びながら駆け寄ってきたからであった。

涙で顔をグシャグシャにして喜ぶ三人は、馬の横腹に抱きつくようにして口々に感謝を述べる。

「娘をお助けくださいましたのは、王女殿下と騎士団長様であらせられましたか！　なんとありがたいことでしょう。どのようにお礼を申し上げてよいのかわかりません！」

「ああ、感謝してもしきれませんわ！　おふた方は、私たち家族にとって、神様より尊い存在でございます！」

「家に帰れて本当に嬉しいです。私のようなただの町娘でもお見捨てにならずに助けてくださいまして、一生涯、声を大にして感謝を捧げます！」

困り顔のセシリアが「違うんです」と声をかけても、興奮気味に感謝をまくし立てる声にかき消されてしまい、誰にも届かない。

馬が驚いて体を揺らしたため、クロードは慌てて馬をなだめ、少し離れるようにと親子に指示をしていた。

そうこうしているうちに、辺りはさらに騒がしくなる。

隣や向かいの民家から住人たちが外へ出てきて、様子を窺っている。

「朝から騒々しいな。一体どうしたんだ？」と隣の家の男性が声をかけると、まだ歓喜の涙を流している親子が、騎士から聞いた間違った情報を伝えてしまった。

それを信じた隣の住人も、救世主が現れたとばかりに大げさに驚きと喜びを表し、大声で王女と騎士団長を讃える。

さらにその声を聞きつけた近隣の家々からも、新たな住人たちがぞろぞろと通りに出てきて……。

「ク、クロードさん。わたくしたち、ここを立ち去った方がいいのではないでしょうか……？」

五十人ほどの住民たちに囲まれて怯むセシリアは、クロードにしがみつきながらそう言った。

怖がるセシリアを腕に抱きしめるクロードも、どんどん増える街の民に困惑し、彼女の意見に頷いた。

「その方がいいな。これほどまでに興奮されては、間違いを訂正することは難しい。

それに早く帰城しなければ、セシリアの不在が国王陛下に知られてしまう恐れがある」

「それは大変です。早く帰りましょう！」

ふたりはまだ駆け落ちを諦めていないので、夜間に城を抜け出したことが国王の耳に入ることを心配していた。

部下の騎士には城外にいることを知られてしまったが、のちほど口止めすればいいだろう。街の噂も、火消しは後回しだ。

なんにしても国王にだけは知られずに、昨夜は城内でいつものように過ごしていたと思わせることが重要である。

もしや王都を出て逃げるつもりだったのかと怪しまれ、警戒されて監視でもつけられたら、二度目の駆け落ちがやりにくくなってしまうからだ。

それでクロードが先ほどの騎士に指示して、住民たちに道を開けさせると、馬を進める。

その時にはもう、隣から隣へと噂が広まって、何百人という街の民が門戸から姿を現していた。

馬上のふたりに沿道から、たくさんの感謝と賛辞の声がかけられる。

それだけではなく、万歳を叫んでいる男たちもいれば、「まぁ、なんてお似合いなのかしら！」「王女殿下もお年頃ですものね」と嬉しそうに話す娘たちもいた。

若い女性はなにかにつけ、恋愛事に結びつけるのが好きである。

恥ずかしくなったセシリアは騎士服の胸元に顔を埋め、困り顔をしたクロードは馬の速度を緩やかに上げた。

悪党には勇敢に立ち向かう彼でも、冷やかしの声が飛ぶ状況からは、逃げ出したくなるようであった。


王城に帰り着くと、夜の気配は完全に消えて、眩しい朝日が、そびえ立つ大邸宅や広大な前庭を照らしていた。

夜間は閉められていた門も、今は開放されている。

クロードが王女を乗せて帰城したため、門番は首を傾げていたが、なにも問わず、敬礼しただけでふたりを見送った。

西門から入ったふたりは、厩舎の前で馬を下りる。そこで馬番に馬を預けた後は、西の通用口に向けて急ぎ足で進んだ。

「使用人たちが、仕事を始めたか……」

クロードが、北側に建つ使用人宿舎の方を見て呟いた。

メイドや従僕、調理人などがぞろぞろと、北の通用口に向けて歩いているのが見える。

クロードの声に不安が滲んでいるのを察したセシリアは、「大丈夫です」と声を潜めて話しかけた。

「使用人たちが働き始めても、お父様はまだ寝ていらっしゃると思います。いつも通りなら、一時間後くらいに起きるはずです」

今は、何事もなかったふりをして、普段通りの生活に戻るしかない。

今回の駆け落ち未遂が国王に気づかれなければ、きっと次のチャンスは訪れると、ふたりは信じていた。

西の通用口の扉の前は、無人である。

そこでセシリアがマントを脱ぐと、中に着ているのはピンク色のデイドレス。

町娘の格好をしていれば、王城内に入った時に人目を集めてしまうので、イザベルに借りたのだ。

ふたりは両開きの扉の前で、見つめ合う。

セシリアは自室に戻り、クロードは事件の事後処理のために軍の詰所に向かわねばならないので、ここでしばしの別れである。

離れがたいと思うセシリアの頬にそっと手を添えたクロードは、美麗な瞳を細め、力強い約束を与えてくれた。

「計画を立て直したら、セシリアに知らせる。信じて待っていてくれ。必ずや君を手に入れる」

「はい。わたくしはクロードさんを信じております。焦らずに待っていますから、どうか無理だけはなさらないでくださいませ……」

頷いたクロードの瞳が艶めいていた。

セシリアの胸は高鳴り、頬だけではなく、もっと触れてほしくなる。

けれども誰が通りかかるかわからないこの場所では、抱擁も口づけも交わすことはできない。

名残惜しいと思いつつも、セシリアは通用口の扉の取っ手に手をかけた。

それを引く前に、誰かが内側から開けたから、セシリアは「キャッ！」と声をあげて後ろに倒れそうになる。

すかさずクロードが彼女の背中を抱きとめ、「大丈夫か？」と声をかけたが、その直後に彼は目を見開いて息をのんだ。

「国王陛下……」

西の通用口から現れた父親の姿に、セシリアもビクリと肩を震わせ、驚いていた。朝の支度を済ませ、いつも通りの整った装いをしているということは、とっくに起床していたということだろう。

いつもとタイムスケジュールが違うのは、どういうわけなのか。

(もしかして政務が忙しく、執務室で早朝から仕事をされていたのかしら？　お父様の執務室からは西門が見えるわ。まさか……)

馬に乗って帰城した姿を見られていたのでは……とふたりが不安に瞳を揺らしたら、硬い表情の国王が口を開いた。

「クロード、なにを驚いている。昨夜は大捕り物であったそうじゃないか。クリミネル一家の頭を捕らえた功労者はお前だと聞いたぞ。もっと胸を張ったらどうだ」

その言葉だけを取れば、褒めているかとも思われるが、国王の表情と声色には厳しさが感じられた。

鋭い眼光で見据えられ、クロードがセシリアを抱きしめる腕に力を込めれば、国王は視線を右に流した。

荷車を引いた使用人が通りかかろうとしていて、それに気づいた国王は踵を返すと、肩越しに振り向いて低い声で命じる。

「ふたりとも、ついてこい。執務室で話をしよう」

「クロードさん……」とセシリアは、焦りの中で呼びかけた。

きっとなにもかも見抜かれている……。

父の大きな背中を、崩れぬ壁のように感じ、彼女の鼓動は嫌な音で鳴り立てていた。

おそらくはクロードも同じ気持ちではないだろうか。美麗な顔の眉間には、深刻そうな皺が刻まれている。

けれども今は逃げられる状況ではなく、「行こう」と彼女の肩を抱いたクロードは、通用口の扉を潜るのであった。

なぜか必要以上にゆっくりと歩く国王は、西棟の二階にある執務室に向かっており、セシリアたちは無言で後に続く。

やっと執務室前に着くと、国王の近侍が控えていて、ドアを開けてくれた。

グラハムという名の近侍は、国王の王太子時代からの側近である。

会釈したセシリアに、「おはようございます」と微笑んでくれた彼だが、その笑みにはわずかに緊張が感じられた。

国王の怒りを察しているためであろうと推測し、セシリアはますます不安が募る。

（クロードさんが処罰されるような展開だけは避けないと。うまく言い逃れできるかしら……）

三人が執務室に入り、近侍は廊下に残ってドアを閉めた。

国王に人払いを命じられたのだと思われる。

国王は椅子に座らず窓辺に立ち、セシリアとクロードは国王から三歩ほど離れた位置で並んで足を止めた。

腰の後ろで手を組み、外を眺めている国王は、なかなか話し出そうとしない。

セシリアたちを落ち着かない気持ちにさせていることなどお構いなしに、十分以上も黙っていた国王であったが、やがて独り言のように窓に向けて口を開いた。

「いい天気だ。朝靄《あさもや》もかからず、今朝は西門がよく見えた」

それを聞いたセシリアは、『やっぱり……』と心の中で呟き、肝を冷やした。

危惧した通り、クロードとふたりで馬に乗り帰城したところを見られていたに違いない。

（イザベルに急用があって会いに行っていただけだと言おうかしら？　でも、兵士であれば不躾《ぶしつけ》に急用とはなにかと聞かないと思うけど、お父様なら追及してきそうだわ。どうしましょう……）

彼を守るため、夜間に外出しても不自然のない理由を考えねばと心を忙しくするセシリアであったが、名案は浮かばず、出てくるのは冷や汗のみ。

嘘をつき慣れていない彼女にとって、この窮地を切り抜けるのは、かなりの難題に感じられた。

オロオロとするセシリアの隣では、クロードがため息をついていた。

しかしそれは諦めではなく、動揺する心を落ち着かせるためのものであるようだ。

覚悟を決めたような太い声を響かせて、クロードは自ら罪をはっきりと打ち明ける。

「私は昨夜、セシリア様を連れて城を出ました。ふたりで遠くまで逃げるためにです。それが思いがけずクリミネル一家の悪事を目撃してしまい、計画を断念して戻って参りました」

「ク、クロードさん⁉」

嘘をつかねばと考えていたセシリアなので、彼の正直な暴露に驚き、恐怖に体を震わせる。

（そんなことを言えば、罰せられてしまうのに、どうして……⁉）

「お父様、違うんです！　わたくしが夜の海が見たいと無理にお願いしたんです！」

慌てたセシリアはそう言ってごまかそうとしたが、振り向いた父に首を横に振られ、「お前は黙っていなさい」と命じられてしまった。

厳しい顔つきの国王は、クロードに鋭い視線を流すと、声を荒らげず冷静に責め立てる。

「それは保身ゆえの自供か？　反省の態度を見せ、謝罪すれば、不問にしてもらえるとでも思ったのか？」

「いえ、許されようなどとは、微塵も考えておりません。謝罪もいたしません。ただ、反省はしております。夜間にコソコソと逃げるのは卑怯でした。今からセシリア様……いえ、私の恋人のセシリアを連れ、もう一度逃げます」

「なにを馬鹿なことを。国軍の何千という刃がお前に向くぞ。門を出た途端に、お前の命は尽きるだろう」

「死にません。必ず幸せにすると、セシリアに約束しました。逃げ切ってみせます」

睨み合う国王とクロード。

窓の外を飛んでいた白鳩が、危険を感じたのか急に方向転換して逃げていった。

口を挟むことを禁じられたセシリアは、ハラハラしてふたりの会話を聞いていたが、クロードの命を取るようなことを言われては黙っていられなくなる。

悲しみや怒りが湧いて瞳を潤ませた彼女は、国王に駆け寄ると、その胸に拳を叩きつけた。

愛しい彼を助けたいという一心で、生まれて初めて、偉大なる父に反抗している。

「お父様のわからず屋！　どうして許してくださらないのですか！　クロードさんを殺《あや》めると仰るのなら、わたくしも後を追います。ひとりで生きてはいけないほどに、愛しているのです！」

これまでのセシリアは、親に対していつでも大人しく、従順な態度であった。

そんな娘がまさか、声を荒らげて怒りをぶつけてくるとは思わなかったのであろう。面食らった顔をして娘の拳を受け止めている国王であったが、突然吹き出すと、我慢できないとばかりに執務室に笑い声を響かせる。

これにはセシリアが驚かされ、父の胸を叩いていた手を止めた。

クロードも後ろで、戸惑いの声を漏らしている。

「国王陛下……？」

その呼びかけで笑いを収めた国王は、温かな手で娘の頭を撫で、「オリビアに似てきたな。やはり母娘だ」としみじみとした声で呟いた。

そして今度は、ニヤリと口の端をつり上げる。

「お前たちの覚悟はよくわかった。命を賭けるに値する愛があるというのは、口だけではないようだ」

「グラハム！」と国王がドアに向けて呼びかけると、すぐにドアが開けられて近侍が入ってきた。

「調査は終わったか？」と機嫌のよさそうな声で問いかけた国王に、近侍もにこやかに返事をする。

「はい。たった今、調査結果を受け取りました」

彼は懐から数枚の用紙を取り出した。

窓辺に背中を預けて腕組みをし、調査結果とやらを聞く体勢を取った国王に向け、近侍ははっきりとした声で読み上げる。

それは、クリミネル一家の大捕獲劇の後、夜が明けてからの王都の民の様子に関するものであった。

誘拐された娘を自宅まで送り届けた騎士が、誤った説明をしたことは、セシリアとクロードも知っている。

それが瞬く間に広まって、あの辺りの一角だけではなく、今や王都中で噂されているそうだ。

王女が夜の海辺を散策していたら、人攫いの一味を発見し、騎士団長が立ち向かった。王女は応援要請のために、たったひとりで勇敢に夜の街を走って城まで戻った……という、あの間違いだらけの武勇伝である。

それだけではなく、町娘たちが勝手に想像したことも噂に加わってしまったようだ。

王女と騎士団長は恋仲で、たびたび夜中に城を抜け出しては、逢引《あいびき》していた。

そして今回のクリミネル一家を捕らえた功労で、騎士団長は王女の婚約者として国王に認められた……という作り話が、あたかも真実のように広まっているのだとか。

それは国王命令を受けた臣下の者、数十人が方々に出かけ、短時間のうちに調べてまとめた調査結果であった。

にこやかに報告書を読み終えた近侍に、セシリアは「ええっ⁉」と驚きの声をあげ、クロードは絶句している。

ひとりだけ驚かずにクツクツと笑っている国王は、「その話は街中に広まっているんだな？」と近侍に確認する。

「はい。王都の端でもすでに祝賀ムードが漂っているとのことで、おそらくは八割以上の民の耳に入ったのではないかと思われます。この分では、国土全体、いえ近隣諸国に伝わるのも、時間の問題でしょう」

自分が主人公の恋愛話が、ものすごい速度で広まっているのを想像したセシリアは、「ああっ……」と可愛らしく呻く。

恥ずかしさに耳まで熱くなり、それを見られまいとして両手で顔を覆った。

そんな彼女の肩をポンと叩いた国王は、父親として娘を叱る。

「夜中に城を抜け出し逢引していたのだから、あらぬ噂を広められても仕方あるまい。自業自得だと反省しなさい」

その後には声を柔らかくし、笑いながら文句を付け足した。

「まったく、とんだ不良娘だ。これではカナール王国へ嫁がせるわけにはいかないな。悪い評判が立った娘では、サルセル王太子に失礼であろう」

「お父様……！」

国王に振り向いたセシリアの目は、驚きに見開かれている。

その大きく丸い瞳には、見る見るうちに涙が溢れて、白く滑らかな頬を流れた。

「ありがとうございます……」と感謝を述べる声は震えて聞き取りにくいが、国王には娘の気持ちがしっかりと伝わったようである。

子供の頃、よくそうしてくれたように、国王は娘を腕に抱きしめる。

けれどもすぐに離して、娘の体を半回転させると、クロードの方へトンと背中を押しやった。

つんのめるように前に出たセシリアを、クロードがしっかりと受け止め、胸に抱く。

彼は感極まる感情を抑えようとするかのように、硬く唇を引き結んでいた。

「クロード、娘を頼む。幸せにしてやってくれ」

国王に優しい声をかけられて、クロードは震える唇を開く。

「はい。必ずや。国王陛下の寛大なる御慈悲に、感謝いたします……」

ついに認めてもらえた喜びと感謝に、頭を下げたクロードの瞳からは、こらえきれない涙が一筋流れていた。

セシリアは、彼の騎士服がしっとりと濡れるほどに泣いて喜んでいる。

ふたりの様子に満足げに頷いた国王は、セシリアとクロードを残して、近侍とともに執務室を出ていく。

閉じかけた扉の隙間に、近侍に対する国王の指示が聞こえる。

「カナール王国へ書簡を届けてくれ。近日中にわしから出向いて婚約解消を伝え、誠心誠意、詫びることに……」

扉が完全に閉まれば、国王の声は聞こえなくなり、早朝の静寂が恋人たちを包む。

しばらくは言葉を発することができずに無言で抱き合うふたりであったが、心に落ち着きが戻り、涙が引いてくると、セシリアがふとなにかに気づいたように彼の腕の中で顔を上げた。

「クロードさん、わたくし、不良娘だと言われてしまいました。お父様はカナール王国へ謝罪に行かねばならず、多大なるご迷惑をおかけしてしまいました。それってつまり……わたくしはついに悪役令嬢になれたと思っていいんですよね？」

庭師や靴屋、親友のイザベルに対しての計画は、ことごとく失敗してきたセシリアだが、今回は成功といってもいいのではないだろうか。

悪事を企てたわけではないけれど、結果としてそうなったことに喜んで、セシリアはキラキラと純粋な瞳を輝かせる。

それは少々違うのでは……と言いたげに苦笑しているクロードであったが、嬉しそうなセシリアを見れば、否定できないようである。

艶めく瞳にセシリアを映した彼は、柔らかな頬を大きな手のひらで包み込むと、フッと笑って頷いた。

「そうだな。セシリアは皆に幸せを与える清らかな悪役令嬢だ。心から君を愛しく思う。どうかこの先も、そのままの純真な君でいてくれ」

（清らかで純真な悪役令嬢？　そんなの矛盾してるんじゃないかしら……）

目を瞬かせたセシリアだが、問いかけることはできなかった。

大人の男の色香を溢れさせたクロードに、腰を引き寄せられ、顎をすくわれて、唇を奪われたからである。

二度目の口づけは、濃く深く、ゆっくりと交わされる。

振り切れそうな鼓動が苦しいけれど、それ以上のとろけるような幸福感を味わっていた。

（クロードさんの妻になれるなんて、夢のようよ。諦めないで、本当によかったわ……）

王女に生まれた運命だと望まぬ結婚を受け入れていたならば、決して手に入れることができなかった幸せが、今ここにある。

これまでの空回りの努力も、無駄ではなかったということだろう。

頼もしい腕にうっとりと抱かれているセシリアは、ほんの少し目を開けてみた。

視界の端にチラリと映ったのは、クロードの額の三日月か……。

港で助けられたあの日から、一途に彼だけを想い続けてきた。

その愛しき彼と歩む未来への道が、明るい光と希望で溢れているように感じるセシリアであった。

特別書き下ろし番外編

騎士団長に恋が芽生えた日

暑さ厳しい夏のある日。

王妃殿下と子供たちは、王家直轄領の最北にある、静かな山間の森に来ていた。

そこには避暑のための離宮が建てられていて、国王一家が毎年バカンスに二週間ほど滞在している。

国王は、今年は政務が多忙のため来ることができないらしい。

二十四歳の若き騎士団長、クロード・ハイゼンは、部下たちを連れ、王族一家の護衛として同行していた。

神殿風の太い柱が目を引く離宮は二階建て。王族と使用人、それに護衛を合わせて五十人ほどが滞在するのにちょうどいい大きさで、階段の手すりや壁紙には花や小鳥がデザインされた女性向きな設えである。

今日は滞在五日目で、クロードは離宮の北側のバルコニーで風に当たっていた。

彼は昨夜、寝ずに警備をしていたため、今日の日中は休みとなっている。

騎士団長の特権として与えられたひとり部屋で昼まで三時間ほど眠り、先ほど起きて食事を取ったところだ。

（盗賊の気配もなく、平和でのどかな時間が流れているな。午後はなにをして過ごそうか……）

ブラウスと黒いズボンのみという軽装のクロードが、自室のバルコニーで緑豊かな森を眺めていたら、キャッキャとはしゃぐ可愛らしい声が下から聞こえた。

視線を落とせば、王女ふたりが裏庭にいる。

第一王女のエミリアは、十六歳。

ゆったりと波打つ胡桃色の長い髪に、利発そうな琥珀色の瞳をした美女である。

しっかり者で、その年齢以上に大人びている彼女は、他国の王子との間に婚約が決まったばかりだ。

周囲の者が自然と頭を下げたくなるような、凛《りん》とした雰囲気を纏い、優秀で物怖じしないエミリアなら、どこへ嫁いでも心配ないだろう。

国王夫妻をはじめ、誰もがそう思っており、クロードも第一王女には頼もしさを感じていた。

対して第二王女のセシリアは、姉とひとつしか年齢が変わらないのに、まだその顔つきや性格に幼さを残している。

エミリアは芝生の上に置かれたカウチソファで足を伸ばし、日焼け防止の大きなパラソルの下で詩集を読んでいるが、セシリアは水遊びをしていた。

裏庭の端には、幅が五メートルほどの自然の川が流れている。深くはないが、水流はそこそこ勢いがあり、子供が遊ぶには適さない。それで、川幅の半分ほどを使って、隙間を開けた大石を並べ、その囲いの中だけ流れを緩やかにしている。

半円の池のようなその場所で、セシリアは膝まで水に浸かって楽しんでいた。

「お姉様も一緒に遊びましょう？　水が冷たくて気持ちがいいわ。あっ、魚よ！　ピカピカ光って綺麗ね！」

セシリアの着ている小花柄の白いデイドレスは、半袖で生地が薄く涼しそうだ。

そのスカートを膝までたくし上げているセシリアに、エミリアが呆れ顔で注意した。

「はしたないわよ。あなたはもう十五歳になったのよ？　いつまでも子供気分でいてはいけないわ」

「王城ではちゃんとしています。ご心配なく。ここは森の中よ。誰にも見られていないんですもの、このくらい許してほしいわ」

「まったくもう。わたくしが嫁いでいなくなったら、あなたは大丈夫なのかしら……」

セシリアの言う通り、王城での彼女は真面目に勉強や稽古事に励む優秀な王女である。けれども姉とふたりきりになれば、子供っぽい振る舞いもするようだ。

姉妹のやり取りを見て、クロードは忍び笑いをしていた。

バルコニーの手すりに手をかけて堂々と覗き見ているというのに、セシリアは彼の存在に少しも気づいていない。

無防備かつ無邪気にバカンスを楽しむセシリアを、クロードは可愛らしいと感じていた。

第一王女はもう立派な大人の女性だが、セシリアは少女と言った方がいいだろう。

（この年頃の女性の一歳差は、大きいものなのだな。来年にはセシリア様も、エミリア様のように頼もしくなられるのだろうか？　いや、それは想像できないな……）

クロードがこれまで見てきたセシリアは、いつも大人しくモジモジとして、はっきり話さないところがある。

それは王女然とした気品を醸すエミリアとは、大きく異なる点であった。

けれどもクロードは、第一王女よりもセシリアの方に親近感を覚え、好ましく感じていた。

王城の廊下でバッタリ出くわした時には嬉しそうに目を輝かせてくれて、その後に、はにかむように頬を染めて俯いてしまう。

そんなセシリアが、彼は可愛くて仕方なかった。

（水遊びしているのは、天使だろうか？　なさること全てが微笑ましい……）

クロードは、ふと思い出し笑いをしていた。

セシリアは手芸やレース編みが得意である。花柄のポーチやハートが刺繍された手袋、動物のマスコットにレース編みのクッションカバーやテーブルクロスなど、今まで手作りの品を何度もクロードにプレゼントしてくれた。その数は、五十ほどである。はっきり言って、男性であるクロードには実用的でないものばかりなのだが、彼は贈り物の全てを兵舎の自室に大切にしまっていた。

キャビネットの引き出し二段分は、セシリアからのプレゼント専用である。

激務が続いて疲労が蓄積している時や、やむを得ず、戦いの最中に敵を斬ってしまった日、自室に戻った彼はキャビネットの引き出しを開けるのだ。

真心の込められた手作りの品を取り出して触れていると、心が楽になった。

赤黒い不浄の色で染まりそうになった心が、白く浄化されていくような気がして、クロードはセシリアに感謝していた。

（贈り物をいただけるのも、あと二、三年だろうか……）

水面を蹴飛ばし、水飛沫《しぶき》を上げて楽しむセシリアを見つめ、クロードは考える。

来年、エミリアが嫁いだら、次はセシリアの番である。まだ具体的な縁談話は上がっていないようだが、おそらくは候補者が何人かいるのではないだろうか。

姉をすぐ近くで見ているセシリアもきっと、自身の婚期が近づいていることを自覚しているに違いない。

(その日が来れば寂しくなるだろうな……仕方ないことだが)

そう考えたクロードは、感傷的な気分になってしまい、目を閉じて温かな思い出を胸の中から引っ張り出していた。

あれは二年ほど前のことだ。王城内の花々が咲き乱れる温室に、クロードは呼び出された。

彼と緊張した面持ちで向かい合っているのは、十三歳のセシリアで、彼女は震える声でこう言ったのだ。

『わたくしは、クロードさんをお慕いしております……』

あの時のセシリアの真っ赤な顔を、彼は今でも鮮明に覚えている。

なぜなら、とても嬉しかったからだ。

勇気を振り絞ったような告白はいじらしく、クロードは思わず抱きしめたくなったが、立場上、それはできなかった。

『光栄です。私もセシリア様を敬愛しております。あなたが成人され、どちらかへ嫁がれるまでは、騎士として、近くでお守りいたします』

そう言って、王女の熱を冷ましてあげることが、臣下にある身として適切だと考えたのだ。

彼はフッと口元を綻ばせる。

(初恋相手が自分とは、恐縮だ。あれから二年。成長された今のセシリア様はきっと、誰にも想いを寄せていないことだろう……)

貴族女性は若くして、結婚という人生の大きな転機が訪れる。まだ十五歳ではなく、もう十五歳と考えるべきで、セシリアは恋に浮かれていてはいけない年齢になったのだ。

身分や家柄などを考えず、身近な男性に気軽に恋をした十三歳の心のままでいるはずがない……クロードはそう思い、小さなため息をついて目を開けた。

(護衛として、おそばで見守っていられるのも、あと数年。その先もどうか、誰よりも幸せな日々を、セシリア様が過ごせますように……)

クロードが密かに祈りを捧げていることを知らないセシリアは、「見て!」とはしゃいだ声で姉に呼びかけていた。

「お姉様、鴨よ。鴨の親子が向こうからやってきたわ！」

川の対岸には、真鴨の親子が列をなしてウロウロしていた。

母鴨一羽に、子鴨は十羽。

母鴨の後ろを懸命について歩く子鴨たちの、なんと可愛らしいことか。

鴨をよく見ようとしたセシリアは、さらにスカートをたくし上げて太ももまで露わにし、囲いの大石ギリギリまで近づいていく。

それを見たエミリアが詩集を閉じて、妹に注意した。

「セシリア、なんて格好をしているの。下着が見えそうよ、おやめなさい。こっちに戻っていらっしゃい」

「はい、お姉様。わかりました……」

姉に振り向いたセシリアは、眉尻を下げて素直に謝る。

けれどもすぐに引き返すことはなく、好奇心いっぱいの瞳を鴨に戻して、「なんて可愛らしいのかしら……」と嬉しそうに呟いていた。

子鴨よりもセシリアの方が可愛いと感じるクロードは、それを笑顔で見守っていたのだが……呑気《のんき》に構えてもいられなくなる。

川の流れが緩やかな場所を選んだ母鴨が水に入り、その後に子鴨たちが続く。

どうやら鴨たちは、川を渡って、この裏庭に来たい様子である。

石の囲いから四メートルほど上流を渡る母鴨が先に岸に上がり、子鴨たちも必死についていく。しかし、一羽だけが泳ぎきれずに川下へ流されてしまった。

「危ない！」とセシリアは叫び、クロードも同じ言葉を心の中で呟いていた。

ただし彼が危ぶんだのは、子鴨ではなく、セシリアの方である。

「セシリア様！」と二階のバルコニーから慌てて声を張り上げたクロードだが、彼女の意識は流される子鴨に集中しているため、振り向きはしなかった。

そしてクロードが危惧した通り、子鴨を助けようと囲いを越えて、整備されていない川の中に飛び込んでしまったから、一大事である。

上流から流れてきた子鴨を、必死に右手を伸ばして受け止めたはいいが、その後は案の定というべきか、セシリアまで流されてしまった。

水深はセシリアの腰ほどと思われる。けれども囲いを作ったために、そこだけ川幅が狭くなり、水の勢いが増しているのだ。

「だ、誰か来てー！」とエミリアが声をあげた時にはもう、クロードはバルコニーから飛び降りていた。

着地の衝撃に微かに顔をしかめつつ、裏庭を駆けて川沿いを走り、流されるセシリアを追い越してから水に入る。

エミリアがハラハラと見守る中、クロードは川の中程で無事にセシリアを捕まえ、その腕にしっかりと抱いた。

「セシリア様、大丈夫ですか⁉　お怪我は？」

「あっ、クロードさん……わたくしも子鴨も大丈夫です……」

横抱きに抱え上げられて水面から出されたセシリアは、耳まで真っ赤である。

クロードはホッと息を吐いた後に、恥ずかしそうにしている彼女をクスリと笑い、ゆっくりと川を歩いて岸まで戻ろうとした。

裏庭から駆けてきたエミリアが川縁で待っていて、その足元には母鴨と子鴨たちがクワクワと鳴きながらうろついている。

岸に上がって地面に下ろされたセシリアは、すぐにしゃがんで、助けた子鴨を母鴨に返してあげた。

すると鴨たちは、何事もなかったかのように裏庭を一列になって進み、建物の陰へと姿を消してしまった。

「恩知らずね。ひと言、お礼を言ったらどうかしら？」

エミリアが呆れ顔でそう言うと、セシリアがクスクスと笑う。

「無事だったんですもの、それだけで充分よ。それに、鴨にお礼を言われたら、びっくりして心臓に悪いわ」

「それもそうね」

姉妹は楽しそうに笑い合ってから、クロードに視線を向けた。

「クロード騎士団長、妹を救助してくださって感謝いたしますわ」

エミリアが優雅に微笑んでそう言うと、その隣で立ち上がったセシリアは、再び頬を赤らめてモジモジしながら、「ありがとうございました」と小さな声でお礼を述べた。

「いえ、ご無事でなによりです。ですが、あまり無茶をなさらないように――」

注意の言葉を付け足そうとして、クロードはハッと息をのんだ。

彼の涼やかな瞳は、驚きに見開かれている。

「クロードさん？」

キョトンとして問いかけるセシリアに、彼は慌てて背を向けた。

「その、お早く着替えをされた方がよいかと思われます……」

クロードの鼓動は、五割増しで高鳴っていた。

何十人の敵をひとりで相手にしても、ここまで動揺したことはないだろう。

セシリアの薄いドレスは濡れて体にピッタリと張りつき、胸や尻、太ももの形を露わにしてしまっていた。

それはクロードが思っていたよりも、遥かに大人の女性に近く、まだ幼さを残す愛らしい顔や性格とは対照的に、蠱惑《こわく》的な魅力を感じさせるものであった。

（驚いた。まだ少女だとばかり思っていたが、すっかり大人びた体つきになっていらっしゃる……）

純真なセシリアには、クロードが背を向けた意味を正しく理解できないようである。

「ごめんなさい！　こんなみっともない姿では失礼ですよね」と勘違いしていた。

「い、いえ、そうではないのですが……」

体のラインが見えているとは指摘できずに彼が困っていると、エミリアが察してくれた。

「騎士団長は気を使って後ろを向いてくれたのよ。セシリア、早く着替えなければいけないわ。その姿を男性に見られるのは恥ずかしいことよ」

「え、ええ……」

そこまで言われてもまだ腑に落ちていない様子のセシリアであったが、姉に手を引かれて、建物の方へと歩き出した。

白亜の壁に、白大理石の太い柱。大きく開放されていたアーチ型の扉の奥から、セシリア付きの双子の侍女の声がする。

「わっ、セシリア様、びしょ濡れですね！　水浴び、楽しかったですか？　雑用をカメリーに押しつけて、私もご一緒したかったですー！」

そう言ったのは、双子の姉のツルリーだろう。

「セシリア様、洗い物を増やしてくださってありがとうございます。銀貨一枚で請け負います。帽子も被らず、日焼けしてしまいましたね。そばかす防止のきゅうりパックは、銀貨二枚で請け負います」

余計な仕事に対し、淡々と金子を要求する声は、妹のカメリーだと思われる。

その会話から、セシリアが完全に建物内に入ったことを理解したクロードは、大きく息を吐き出し、ゆっくりと振り向いた。

無人の裏庭に熱い日差しが降り注ぎ、セシリアのドレスから垂れた水で濡れた芝生が、キラキラとライン状に光っている。

(俺も着替えたいが、もう少し心が落ち着いてから戻ろうか……)

彼が頭を横に強く振ったのは、セシリアのあられもない姿を、記憶の中から消そうとしたためである。

けれども、すっかり焼きついてしまい、速い鼓動はまだしばらく鎮まりそうになかった。

「参ったな……」と呟いて、クロードは前髪をかき上げる。

騎士団長として、王女に不埒な思いを抱くわけにはいかないとわかっているのに、二十四歳のひとりの青年としては、大人の女性として意識してしまったセシリアに、情欲が掻《か》き立てられてしまうのだ。

（俺はまだまだ未熟なようだ。金輪際やましい思いを抱かぬよう、心も鍛えねばならないな……）

建物の中からは、女性たち数人の声が漏れている。

会話の内容までは聞き取れないが、笑い声も混ざり、とても楽しそうだ。

それを耳にし、早く私室に戻って着替えていただきたい……と思うクロードは、始まりそうな恋の予感と、ひとり闘うのであった。

END

あとがき

この文庫をお手に取ってくださいました皆様に、厚くお礼申し上げます。

清純な王女が悪役令嬢になろうと奮闘する物語は、いかがでしたでしょうか？

セシリアのドタバタにスポットを当てたかったので、恋愛描写はサラリとしたものになっております。

クロードはいわば脇役で、セシリアと一緒に悪事を企んでいたツルカメ侍女の方が目立っていたかもしれません。当初侍女はひとりとしていたのですが、個性的なキャラを増やしたいと思い、双子にしてみました。

ツルカメは私のお気に入りです。皆様にも好いていただけることを願っております。

私には、脇役を変な名前にしてしまう癖がありまして、ツルカメだけではなく、他のキャラでも遊んでいました。お気づきになられた方がいらっしゃいますでしょうか。

肖像画でしか登場しなかったサルセル王太子の〝サルセル〟は、フランス語で小鴨を意味します。カナール王国は、〝鴨〟王国。庭師のジャルダンは〝庭〟で、靴屋の息子タロンは〝かかと〟です。（フランス語、間違えていたらすみません）

他にも色々とおかしな名前になっています。

この物語は、昨年九月に発売されました『悪役令嬢の華麗なる王宮物語～ヤられる前にヤるのが仁義です～』のスピンオフ的作品となっていました。

前作の方は、まだ公爵令嬢であった頃のオリビアが主役で、セシリアはその娘です。

また、オリビアの母を主人公にした『公爵様の最愛なる悪役花嫁～旦那様の溺愛から逃げられません～』も既刊にあります。

これら二作品は今作とは違い、シリアスで恋愛感強めのストーリーとなっています。

親子三世代の物語を、どうぞよろしくお願いします。

最後になりましたが、編集担当の鶴嶋様、妹尾様、文庫化にご尽力いただいた関係者様、書店様に深くお礼申し上げます。

表紙を描いてくださった氷堂れん様、親子三世代、三冊の表紙はどれも美しく素敵で、感謝でいっぱいです。いつも本当にありがとうございます。

文庫読者様、ウェブサイト読者様には、平身低頭で感謝を！

またいつか、ベリーズ文庫で、皆様にお会いできますように……。

藍里《あいさと》まめ

藍里まめ先生への
ファンレターのあて先

〒104-0031
東京都中央区京橋1-3-1
八重洲口大栄ビル7F
スターツ出版株式会社　書籍編集部　気付

藍里まめ先生

本書へのご意見をお聞かせください

お買い上げいただき、ありがとうございます。
今後の編集の参考にさせていただきますので、
アンケートにお答えいただければ幸いです。

下記URLまたはQRコードから
アンケートページへお入りください。
https://www.berrys-cafe.jp/static/etc/bb

自称・悪役令嬢の華麗なる王宮物語
―仁義なき婚約破棄が目標です―

2019年8月10日　初版第1刷発行

著　者　藍里まめ
©Mame Aisato 2019
発行人　松島 滋
デザイン　hive & co.,ltd.
校　正　株式会社　文字工房燦光
編集協力　妹尾香雪
編　集　鶴嶋里紗
発行所　スターツ出版株式会社
〒104-0031
東京都中央区京橋1-3-1　八重洲口大栄ビル7F
TEL　出版マーケティンググループ　03-6202-0386
（ご注文等に関するお問い合わせ）
URL　https://starts-pub.jp/
印刷所　大日本印刷株式会社

Printed in Japan

乱丁・落丁などの不良品はお取替えいたします。
上記出版マーケティンググループまでお問い合わせください。
定価はカバーに記載されています。

ISBN 978-4-8137-0736-3　C0193

ベリーズ文庫 2019年8月発売

『恋の餌食　俺様社長に捕獲されました』　紅《くれない》カオル・著

空間デザイン会社で働くカタブツOL・梓は、お見合いから逃げまわっている社長の一樹と偶然鉢合わせる。「今すぐ、俺の婚約者になってくれ」と言って、有無を言わさず梓を巻き込み、フィアンセとして周囲に宣言。その場限りのウソかと思いきや、俺様な一樹は梓を片時も離さず、溺愛してきて…!?

ISBN 978-4-8137-0730-1／定価：本体640円＋税

『堅物社長にグイグイ迫られてます』　鈴《すず》ゆりこ・著

設計事務所で働く雛子は、同棲中の彼の浮気現場に遭遇。家を飛び出し途方に暮れていたところを事務所の所長・御子柴に拾われ同居することに。イケメンだが仕事には鬼のように厳しい彼が、家で見せる優しさに惹かれる雛子。ある日彼の父が経営する会社のパーティーに、恋人として参加するよう頼まれ…。

ISBN 978-4-8137-0731-8／定価：本体640円＋税

『身ごもり政略結婚』　佐倉《さくら》伊織《いおり》・著

閉店寸前の和菓子屋の娘・結衣は、お店のために大手製菓店の御曹司・須藤と政略結婚することに。結婚の条件はただ一つ"跡取りを産む"こと。そこに愛はないと思っていたのに、結衣の懐妊が判明すると、須藤の態度が豹変!?　過保護なまでに甘やかされ、お腹の赤ちゃんも、結衣も丸ごと愛されてしまい…。

ISBN 978-4-8137-0732-5／定価：本体640円＋税

『旦那様の独占欲に火をつけてしまいました』　田崎《たさき》くるみ・著

婚活に連敗し落ち込んでいたOL・芽衣は、上司の門脇から「俺と結婚する?」とまさかの契約結婚を持ちかけられる。門脇は親に無理やりお見合いを勧められ、断り文句が必要だったのだ。やむなく同意した芽衣だが、始まったのはまさかの溺愛猛攻!?　あの手この手で迫られ、次第に本気で惹かれていき…!?

ISBN 978-4-8137-0733-2／定価：本体650円＋税

『偽装夫婦　御曹司のかりそめ妻への独占欲が止まらない』　高田《たかだ》ちさき・著

元カレの裏切りによって、仕事も家もなくした那夕子。ひょんなことから大手製薬会社のイケメン御曹司・尊に夫婦のふりをするよう頼まれ、いきなり新婚生活がスタート！「心から君が欲しい」――かりそめの夫婦のはずなのに、独占欲も露わに朝から晩まで溺愛され、那夕子は身も心も奪われていって――!?

ISBN 978-4-8137-0734-9／定価：本体630円＋税

タイトル、価格等は変更になることがございますのでご了承ください。

ベリーズ文庫 2019年8月発売

『次期国王は独占欲を我慢できない』　雪夏《きよか》ミエル・著

田舎育ちの貴族の娘アリスは、皆が憧れる王宮女官に合格。城でピンチに陥るたびに、偶然出会った密偵の青年に助けられる。そしてある日、美麗な王子ラウルとして現れたのは…密偵の彼!?　しかも「君は俺の大切な人」とまさかの溺愛宣言！素顔を明かして愛を伝える彼に、アリスは戸惑うも抗えず…!?

ISBN 978-4-8137-0735-6／定価：本体650円＋税

『自称・悪役令嬢の華麗なる王宮物語－仁義なき婚約破棄が目標です－』　藍里《あいさと》まめ・著

内気な王女・セシリアは、適齢期になり父王から隣国の王太子との縁談を聞かされる。騎士団長に恋心を寄せているセシリアは、この結婚を破棄するためとある策略を練る。それは、立派な悪役令嬢になること！　人に迷惑をかけて、淑女失格の烙印をもらうため、あの手この手でとんでもない悪戯を試みるが…!?

ISBN 978-4-8137-0736-3／定価：本体620円＋税

『異世界で、なんちゃって王宮ナースになりました。王子がピンチで結婚式はお預けです!?』　涙鳴《るいな》・著

異世界にトリップして、王宮ナースとして活躍する若菜は、王太子のシェイドと結婚する日を心待ちにしている。医療技術の進んでいないこの世界で、出産を目の当たりにした若菜は、助産婦を育成することに尽力。そんな折、シェイドが襲われて記憶を失くしてしまう。若菜は必死の看病をするけれど…。

ISBN 978-4-8137-0737-0／定価：本体640円＋税

『転生令嬢は小食王子のお食事係』　甘沢林檎《あまさわりんご》・著

アイリーンは料理が得意な日本の女の子だった記憶を持つ王妃の侍女。料理が好きなアイリーンは、王妃宮の料理人と仲良くなりこっそりとお菓子を作ったりしてすごしていたが、ある日それが王妃にバレてしまう。クビを覚悟するも、お料理スキルを見込まれ、王太子の侍女に任命されてしまい!?

ISBN 978-4-8137-0718-9／定価：本体620円＋税